마지막 드래곤 에린

남세오 글
김찬호 그림

이지북
EZbook

등장인물

에린

가장 최근에 태어난 황금 드래곤. 인간인 유진, 이도와 교류하며 나약해 보이는 인간에게 드래곤이 갖지 못한 장점이 있음을 발견한다. 인간을 위해 목숨을 버렸던 드래곤 페르의 정수에서 태어났으며 자신도 그렇게 되지 않을까 걱정하여 인간을 경계하기도 한다.

나탄

에린과 함께 페르의 정수에서 태어난 초록 드래곤. 인간을 경계하는 에린과는 달리 인간과 교류하며 인간에 대해 배우고 싶어 한다. 날개 달린 드래곤의 모습보다 인간의 모습을 더 좋아한다.

유진

전쟁으로 부모님을 잃고 복수를 위해 드래곤
을 찾아온 당돌한 아이. 드래곤을 인간과는 다
른 무서운 종족으로 보지 않고 그저 모습이 조
금 다를 뿐인 진정한 친구로 대한다.

레온

까마득한 옛날부터 세상을 지배했던 은 드
래곤이자 지혜로운 드래곤의 장로. 인간이
번성한 이후에는 화산 동굴에 숨어 인간의
세상을 지켜본다.

리제

거칠고 강력한 붉은 드래곤. 페르가 죽은 이후
로 인간을 증오한다. 레온을 존경하고 따르지
만 인간의 일에 끼어들지 말라는 방침에는 불
만이 많다.

이도

에른켈 왕국의 왕이자 황금 드래곤 에린의 첫
번째 인간 친구. 차모르와의 전투에서 아버지
를 잃었다. 에린에게 인간이 가진 지혜와 죽음
에 대해 알려 준다.

차 례

일러두기
이 책은 국립국어원의 한글 맞춤법과 외래어 표기법을 따르되,
'드래건'은 관용적으로 굳어진 '드래곤'으로 표기했음을 일러둡니다.

황금 드래곤 에린

　이제 고작 열 살 남짓 되어 보이는 아이가 자기 키보다 큰 칼을 힘겹게 들어 올렸다. 칼의 손잡이와 머리에 쓴 왕관에는 날개를 활짝 펼친 황금 드래곤이 새겨져 있었다. 칼도 왕관도 아이에게는 너무 컸다. 칼을 머리 위로 치켜들기도 전에 왕관이 미끄러지며 아이의 눈을 가렸다.

　"검술을 연습 중이셨습니까, 국왕 폐하."

　목소리가 들려오자 아이는 흠칫 놀라며 칼을 내렸다. 무거운 칼이 떨어지며 바닥에 '콱' 박혔다. 얼른 왕관을 고쳐 쓴 아이가 뒤돌아보며 대답했다.

"에린, 그렇게 부르지 말랬잖아. 우리끼리 있을 때는 그냥 이도라고 불러."

황금빛 머리카락을 허리까지 늘어뜨린 에린은 이도와 키가 비슷했다. 이도의 호위 무사이자 검술 사범으로 임명된 삼 년 전에도 키는 지금과 같았다. 그때나 지금이나 에린은 열 살 정도로 보였다. 이도의 아버지인 이현은 에린이 어디서 온 사람인지 알려 주지 않았다.

"진짜 그래도 돼? 그러다 누가 들으면?"

"왕이라며. 그까짓 거 하나 내 마음대로 못 할까?"

"좋아. 그럼 허락한 거다."

이도에게 다가간 에린은 바닥에 박힌 칼을 가볍게 뽑아 들었다. 기다란 칼이 나비처럼 펄럭이며 에린의 주변을 빙글빙글 돌았다. 이도는 눈을 부릅뜨고 칼을 노려봤다. 에린이 칼을 건네자 이도는 조금 전에 본 동작을 따라 칼을 잡아 보았다. 여전히 버거워 보였지만 아까보다는 훨씬 균형이 잡혀 있었다.

에린이 눈을 크게 뜨며 말했다.

"좋은데? 이제 진짜로 배워 볼 마음이 생긴 거야?"

이도가 고개를 끄덕였다. 사실 에린은 그 이유를 알고

있었다. '에른켈'의 국왕이었던 이현은 한 달 전, 이웃 나라인 '차모르'와의 전투에서 목숨을 잃었다. 갑자기 아버지를 잃고 국왕이 된 이도는 한 번도 에린 앞에서 울거나 화를 내지 않았다. 에린 역시 내색하지 않았다.

에른켈은 대륙에서 가장 먼저 세워진 나라였다. 한때 는 대륙을 지배하기도 했다. 하지만 지금은 주변국들의 눈치를 봐야 하는 작은 나라였다. 에른켈이 힘을 잃어 가는 사이 다른 나라들을 하나둘 집어삼킨 차모르는 이 제 본격적으로 유서 깊은 에른켈의 영토를 탐냈다. 에 른켈이 믿는 건 단 하나였다.

이도가 칼의 손잡이를 바라보며 말했다.

"드래곤의 불길로 만든 검이야. 에른켈의 옛 왕들은 드래곤을 타고 이 칼을 휘둘러 적들을 물리쳤다지. 침략 자를 불태우고 단단한 성벽을 촛농처럼 녹여 버렸대."

"오래된 전설이지. 그게 모두 사실이라고 해도 드래 곤이 모습을 감춘 지 삼백 년이 넘었어. 하지만 이 칼만 큼은 진짜야. 정말 드래곤의 불길로 만들었는지는 알 수 없지만 훌륭한 칼이라는 것만큼은 확실해."

이도는 칼을 들고 아까 에린이 했던 동작을 따라 휘둘

러 보았다. 칼의 움직임은 그런대로 비슷했지만 이도의 몸이 따라가지 못했다. 휘청하며 흔들리는 몸을 에린이 잡아 주었다.

"적의 머리를 베는 것 말고도 왕이 할 일은 많아."

"아버지의 복수도 못 하는 게 무슨 왕이야!"

이도가 버럭 소리쳤다. 왕이 된 후로 처음 보여 주는 열 살짜리의 표정이었다. 이마에 걸려 있던 커다란 왕관이 '덜컥' 미끄러져 눈을 덮었다. 왕관을 올려 주려는 에린의 손을 이도가 뿌리쳤다.

"이제 그만. 좀 피곤하네."

에린이 허리를 굽혀 인사하고는 뒤로 물러났다.

이도는 왕이었지만 할 수 있는 일은 별로 없었다. 이현을 쓰러뜨린 이후로 기세가 오른 차모르는 더욱 거세게 에른켈의 군대를 밀어붙였다. 신하들은 둘로 갈라졌다. 어린 국왕에게 여전히 충성을 바치는 사람도 있었지만 이길 가능성이 없다고 보고 일찌감치 차모르에게 항복할 구실을 찾는 사람도 적지 않았다. 보통 사람들은 차라리 나았다. 모두가 한마음으로 드래곤이 나타나 차모르를 물리쳐 주기만을 바라고 있었으니까.

하지만 드래곤은 나타나지 않았다. 에른켈로 몰아닥친 차모르의 군대는 이도의 성을 포위하고 항복을 요구했다. 차모르가 기한을 준 마지막 날까지도 이도는 항복할 생각이 없었다.

갑옷을 차려입는 이도를 보며 에린이 물었다.

"이길 가능성은 없어. 그건 알고 있지?"

"강요하진 않을게. 너도 떠나고 싶으면 떠나."

"왜 이렇게까지 하는 거야? 죽으면 아무 의미 없잖아. 살아남아야 미래를 기약할 수 있어."

이도가 벽에 걸린 칼을 빼 들고 가볍게 휘둘렀다. 몇 달 사이 이도는 놀라울 정도로 능숙하게 커다란 칼을 다룰 수 있게 되었다. 이도의 눈빛만큼은 마지막 전투에 나서던 전 국왕, 이현의 눈빛과 다름없이 단단했다. 이도가 말했다.

"아버지가 말씀하셨어. 인간은 드래곤보다 약하지만 그보다 용감할 수는 있다고."

"죽는 게 두렵지 않아? 그건 어리석은 거야."

"인간은 어차피 죽어. 고작해야 백 년을 살지. 영원히 살 수 있는 드래곤과는 달라. 그러니 인간은 자신이 죽은 이후의 세상도 고민하면서 살아야 한다고 하셨어. 어떻게 사느냐만큼이나 어떻게 죽느냐도 중요하다고."

"말도 안 돼. 그래서 일부러 죽으러 나가겠다는 거야?"

이도는 특별히 제작한 칼집에 칼을 넣고는 허리에 고정했다. 왕관 대신 투구를 쓴 모습은 더 이상 열 살짜리 아이가 아니었다. 이도가 웃으며 말했다.

"그건 아냐. 난 최선을 다해 싸울 거야. 이기긴 힘들겠지만, 적어도 명예로운 죽음으로 남겠지."

이도가 출격 준비를 마쳤을 때 에린은 성에서 몰래 빠져나와 말을 타고 달렸다. 황금빛 머리카락이 밤바람에 휘날렸다.

에린이 향한 곳은 베오부스 화산이었다. 에른켈 왕국 한가운데 자리 잡은 거대한 화산에서는 지금도 용암이 끓고 검은 연기가 피어오른다. 짐승들도 접근하지 못하는 빽빽한 숲속에는 화산 중심부로 이어지는 미로 같은 동굴이 있고, 그 안에는 고대의 드래곤이 잠자고 있다고 한다. 드래곤이 깨어나는 날 에른켈도 함께 일어나 다시 대륙을 통일하고 제국의 영광을 찾을 거라고, 사람들은 그렇게 믿었다.

물론 에린은 그런 소문이 사실이 아니라는 걸 알고 있다. 드래곤은 인간을 도와주지 않는다. 에른켈의 왕을 등에 태우고 대륙을 정복해 줄 리는 더더욱 없다. 하지만 에린은 이대로 손을 놓고 있을 수 없었다. 뭐라도 해 봐야 했다. 에른켈의 멸망을 그냥 지켜볼 수는 없다. 이도가 죽게 내버려둘 수는 없다.

에린의 말은 검은 숲의 경계에서 멈춰 섰다. 거친 숨을 내뿜는 말은 감히 숲 속으로 발을 들이지 못했다. 에린은 말에서 내려선 뒤 말의 엉덩이를 쳐서 다시 성으로 돌려보냈다. 그러고는 성큼성큼 무성한 그림자 속으로 걸어 들어갔다.

숲으로 들어서자 에린의 황금빛 머리카락에서 서서히 빛이 차올랐다. 그 빛이 퍼져 나가 에린을 감쌌다. 출렁이는 옷자락이 알알이 쪼개지며 단단한 황금빛 비늘이 되었다. 에린의 몸이 점점 부풀어 올랐다. 등가죽이 갈라지며 몇 겹으로 접혀 있던 날개가 펼쳐졌다. 에린

의 얼굴은 어느새 날카로운 송곳니를 드러낸 황금빛 드
래곤으로 변해 있었다. 눈에서 솟아오른 붉은 불꽃이
타오르는 눈썹 위에 내려앉았다.

　뜨거운 입김을 내뿜으며 에린은 크게 기지개를 켰다.
날개를 몇 번 펄럭이자 거대한 드래곤의 몸이 공중으로
솟아올랐다. 숲을 뚫고 날아오른 드래곤이 날개를 활짝
폈다. 황금빛 머리카락은 어느새 갈기로 변해 차가운
밤공기에 휘날렸다. 긴 울음소리를 남기고 에린은 구름
위로 솟아오른 베오부스 화산을 향해 날아갔다.

2
베오부스 화산의
드래곤들

화산 꼭대기의 분화구에서는 뜨거운 용암이 끓어오르고 있었다. 에린은 망설임 없이 그 안으로 뛰어들었다. 평범한 불은 드래곤을 태울 수 없다. 드래곤은 불을 먹고 산다. 용암을 들이켜자 뜨거운 열기가 에린의 몸 속을 휘감으며 퍼져 나갔다. 그 열기는 드래곤의 힘이 된다. 그리고 드래곤이 내뿜는 불은 그 어떤 것도 태울 수 있다. 심지어 드래곤마저도.

배를 채운 에린은 몸을 움츠려 다시 인간의 모습으로 변했다. 좁은 동굴 안에서 돌아다닐 때는 인간을 닮은 모습이 편하다. 인간의 몸이어도 불에 타지 않는 건 마찬가지다. 인간의 피부가 되고 옷이 되어도 드래곤의 비늘은 불로 태울 수도 칼로 뚫을 수도 없다. 불을 뿜을 수 없고 날아다닐 수 없다는 점을 빼면 인간의 몸도 나쁘지 않았다.

용암이 흐르는 길을 따라 에린은 화산 중심부에 있는 드래곤의 둥지로 들어갔다. 삼백 년 전에는 드래곤이 어두운 동굴 속에 숨어 있지 않고 마음껏 숲을 거닐며 푸른 하늘을 날았다고 한다. 에린이 알에서 깨어나기 이전의 이야기다.

세상에서 모습을 숨기기로 한 건 드래곤의 장로인 레온이었다. 이 세상의 어떤 존재도 레온이 얼마나 오래 살았는지 짐작조차 하지 못한다. 수억 년 전 공룡과 함께 하늘을 날았다고도 한다. 드래곤은 인간보다 훨씬 천천히 늙지만 레온은 그 어떤 인간보다도 나이가 들어 보였다. 에린은 레온에게 부탁할 일이 있었다.

좁고 구불구불한 통로를 지나 마침내 탁 트인 공간에 도착했다. 안쪽에서 쏟아져 내리는 샛노란 용암이 텅 빈 공간을 은은하게 비추었다. 그곳에 레온이 있었다. 하얀 비늘이 붉은 용암의 빛을 반사하며 노을처럼 반짝였다. 오랜 잠에서 깨어나듯 눈을 뜬 레온은 에린이 온 이유를 이미 알고 있었다.

"어째서 인간의 일에 개입하려는 것이냐."

레온을 속일 수는 없었다. 에린은 솔직하게 말했다.

"이도는 명예로운 인간입니다. 지켜 주고 싶습니다."

"명예? 드래곤을 배반하고 속여 목숨을 빼앗은 자들에게 무슨 명예가 있단 말이냐! 너도 페르처럼 하찮은 인간에게 매혹된 것이냐!"

구석에서 들려온 목소리에 에린이 깜짝 놀랐다. 에린의 말에 대답한 건 레온이 아니었다.

처음부터 동굴 안에는 드래곤이 하나 더 있었다. 용암처럼 붉은 비늘로 뒤덮인 드래곤 리제였다. 리제는 누구보다도 인간을 증오했다. 삼백 년 전 페르가 죽고 동굴로 몸을 숨긴 이후, 리제는 레온이 온 세상의 인간을 모두 불태워 버리라는 명령을 내리기만을 기다렸다.

붉은 날개를 흔들며 그림자 밖으로 걸어 나오는 리제를 보며 에린은 숨이 턱 막혔다. 레온 앞에서 리제가 불을 내뿜을 리는 없었다. 드래곤이 드래곤을 불태우는 건 절대로 용서받을 수 없는 죄악이었다. 오직 한 경우

에만 그게 허락되었다. 죽은 드래곤을 화장할 때다.

삼백 년 전에 죽은 페르를 화장한 게 리제였다. 페르가 재가 되어 사라지고 난 뒤 남은 정수를 삼킨 것도 리제였다. 리제는 그 정수로 두 개의 알을 낳았고 그중 하나에서 에린이 태어났다.

"그런 것이 아닙니다. 에른켈 사람들은 여전히 드래곤을 숭배합니다. 차모르보다는 에른켈이 베오부스 화산을 지켜 주는 게 낫지 않겠습니까?"

마음을 굳게 먹은 에린이 물러서지 않고 대답했다. 리제가 다시 화를 내려 했지만 레온이 먼저 몸을 일으키며 날개를 폈다. 에린은 그 순간 동굴에 은빛 가루가 가득 뿌려진 듯한 착각에 빠졌다. 용암의 붉은빛에 물들지 않은 순수한 백색이었다. 리제도 숨을 고르며 뒤로 물러났다.

레온이 천천히 날개를 접으며 에린에게 다가왔다. 동시에 조금씩 작아져서 에린 앞에 섰을 때는 백발의 노인이 되어 있었다. 그래도 키는 에린보다 훨씬 컸다. 레온은 겨울을 버텨 낸 고목처럼 우뚝 서서는 에린을 내려다보며 말했다.

"인간은 드래곤을 지킬 수 없다. 드래곤에게는 그 누구의 보호도 필요 없다. 인간 나라의 흥망은 드래곤과 관계없는 일이다."

"관계가 없다면 차모르를 물리쳐도 관계가 없는 것 아닙니까? 허락해 주십시오, 장로님."

레온이 아무 말 없이 에린을 노려보았다. 그 눈길을 피하지 않으려 에린은 온 힘을 다해야 했다. 질식할 것

같은 시간이 지나고 레온이 입을 열었다.

"한심한 대답이다."

에린의 심장이 덜컥 내려앉았다. 하지만 레온은 화가 난 것처럼 보이지는 않았다. 오히려 재미있다는 표정이었다. 레온이 계속 말했다.

"하지만 그게 황금 드래곤의 선택이란 말이군. 좋다, 차모르를 공격한다."

"감사합니다! 그럼……."

에린이 자신도 모르게 한 걸음 앞으로 나서며 외쳤다. 하지만 레온은 그 공격을 에린에게 허락한 게 아니었다. 레온은 리제를 돌아보며 말했다.

"리제, 자네가 나가게."

"걱정하지 마십시오! 인간이 얼마나 하찮은 존재인지 확실히 보여 주겠습니다."

리제가 뛸 듯이 기뻐하며 진홍빛 몸을 벌떡 일으켰다. 날개를 접으며 몸을 움츠리자 리제는 붉은색 곱슬머리를 한 건장한 모습으로 줄어들었다. 리제는 인간의 몸을 좋아하지 않았지만 동굴을 빠져나가기 위해서는 어쩔 수 없었다. 레온에게 정중히 인사하고 서둘러 동굴

을 떠나는 리제의 모습을 에린은 불안한 마음으로 지켜
보아야 했다.

"왜 리제를 보내신 겁니까? 절 믿지 못하시는 겁니까?"

레온이 아직 젖살이 빠지지 않은 에린의 얼굴을 내려
다보았다. 잠시 눈을 감고 무언가를 생각하던 레온이
입을 열었다.

"드래곤의 지혜는 나이에 비례하지. 우리에게 시간이
충분한지 그걸 모르겠구나."

레온은 그렇게 말하고는 다시 원래 있던 자리로 돌아
갔다. 레온의 뒷모습이 이상할 정도로 피곤해 보였다.
다시 바닥에 엎드렸을 때는 어느새 은빛 갈기를 늘어뜨
린 드래곤이 되어 있었다. 에린은 레온이 커졌다는 느낌
도 들지 않았다. 하지만 지금은 레온에게 신경 쓸 시간
이 없었다. 인간에 대한 분노로 가득 찬 리제가 무슨 짓
을 할지 불안했다. 에린은 허둥지둥 동굴을 빠져나왔다.

서둘러 분화구로 빠져나온 에린이 다시 드래곤으로

변신했다. 황금빛 날개로 검은 연기를 밀어내며 솟아오르는 순간, 분화구에 걸터앉은 누군가가 보였다.

"어딜 그렇게 급히 가는 거야?"

나탄이었다. 에린과 함께 태어난 드래곤. 나탄은 풀처럼 짧게 자른 초록색 머리를 흰색 천으로 동여맨 채 분화구에 앉아 발을 까닥거리고 있었다. 에린보다 키는 컸지만 얼굴은 오히려 더 앳되어 보이는 그는, 삼백 년 전 에린과 함께 페르의 정수에서 태어난 드래곤이다. 에린은 나탄의 옆에 사뿐히 착륙했다.

"날 기다리고 있었어?"

"응. 네가 장로님께 떼쓰는 소리가 밖까지 들리길래."

"웃기지 마. 그건 그렇고 나 좀 바쁜데, 리제 어디로 가는지 봤어?"

"봤지. 태워 주면 알려 줄게."

나탄은 특이한 드래곤이었다. 드래곤의 모습보다 인간의 모습을 훨씬 더 좋아했다. 에린이 아직 어려서 뭘 잘 모르는 아이 취급을 받았다면 나탄은 아예 태어날 때부터 유별난 아이로 여겨졌다. 리제는 인간 사이에 섞여 있기를 좋아하는 나탄을 못마땅해했다. 아예 에

린까지 싸잡아서 드래곤으로 쳐주지도 않으려 했다. 에린과 나탄이 자신이 토해 낸 알에서 나왔다는 게 더리제의 자존심을 긁는지도 몰랐다.

마음이 급한 에린이 순순히 등을 내주자 나탄은 냉큼 올라타서는 어깨에 발을 걸고 목을 끌어안았다. 에린은 커다란 날개를 펄럭이며 하늘로 솟아올랐다.

짙은 구름 위로 베오부스 화산이 홀로 고개를 내밀고 있었다. 해가 뜨려는지 어느새 동쪽 하늘이 검푸른색을 빨아올리는 중이었다. 그 한구석에서 노을처럼 붉은빛이 번졌다. 이도의 성이 있는 곳이다. 벌써 전투가 시작된 모양이었다. 에린은 그쪽으로 방향을 잡고 구름 속으로 뛰어들었다.

에린의 목에 단단히 달라붙으며 나탄이 말했다.

"페르가 어떻게 죽었는지 알아?"

"알지. 인간의 몸이었을 때 드래곤의 불로 만든 칼을 심장에 박아 넣었다잖아."

"이상하지 않아? 우린 드래곤의 모습일 때나 인간의 모습일 때나 똑같이 단단하잖아."

"드래곤의 칼이라서 가능했던 거 아닐까?"

"그런가? 넌 직접 봤잖아, 그 칼."

이도가 물려받은 칼이었다. 훌륭한 칼이기는 해도 특별한 힘이 느껴지지는 않았다. 드래곤의 머리카락 정도는 겨우 자를 수 있을지 몰라도 몸에는 생채기조차 입힐 수 없었다. 알 수 없는 마법이 걸려 있는 걸까?

알고 싶어도 드래곤은 다른 드래곤에게 직접 지혜를 알려 주지 않았다. 레온이 하는 말은 언제나 수수께끼 같았다.

"몰라. 말을 안 해 주니까. 리제를 보낸 것도 그렇고. 그냥 나한테 맡겼으면 좀 좋아?"

"이번에 배워야 할 건 네가 아니었나 보지."

"뭐라고?"

에린이 물었다. 이제는 나탄마저 수수께끼처럼 말하게 된 것 같았다. 나탄이 설명했다.

"장로님 말이야. 장로님이 누군가에게 일을 시키는 건 항상 무언가를 깨닫게 하기 위해서잖아. 이번에는 리제에게 무언가를 알려 주고 싶으셨나 보지. 아니면 리제를 통해 무언가를 너에게 보여 주려 하셨거나."

구름이 걷히고 산등성이를 따라 펼쳐진 검은 숲이 드

러났다. 멀리 이도의 성이 보였다. 성 주변을 둘러싼 차모르의 진영은 물론 성안에서도 시뻘건 불길이 솟아오르고 있었다. 그 가운데에 죽음의 신처럼 하늘을 가르는 붉은 그림자도 보였다. 리제였다. 바람이 찢어질 정도로 속력을 높이는 에린의 목을 나탄이 잡아당겼다.

"이 모습으로는 안 돼. 드래곤은 절대로 함께 싸워서는 안 되는 거 몰라? 저기 막사 뒤편에 내리자. 말 두 마리 묶여 있는 거 보이지?"

드래곤을 다치게 할 수 있는 건 다른 드래곤의 불밖에 없다. 그래서 드래곤은 절대로 함께 뒤섞여 불을 내뿜지 않는다. 드래곤은 혼자일 때 가장 강하다. 나탄은 나이도 같은데 언제나 에린보다 똑똑하고 판단도 빨랐다. 나탄이 즐겨 본다는 인간의 책 덕분일까? 다른 드래곤들은 지식을 머릿속에 넣지 못하고 글자로 새겨 보관하는 인간의 미숙함을 비웃었다.

에린이 착륙하는 것과 동시에 나탄은 에린의 등에서 사뿐히 뛰어내렸다. 인간의 두 다리가 나탄에게는 무척 편해 보였다. 드래곤의 모습을 본 말들이 겁에 질려 날뛰었다. 에린은 얼른 날개를 접고 몸을 움츠려 인간의 모습으로 변했다. 나탄이 부러워하는 황금빛 머리 카락을 휘날리며 에린은 옆에 있는 말의 고삐를 붙잡고 사뿐히 말 등에 올라탔다.

에른켈성 전투

성 주변은 아수라장이었다. 드래곤의 불은 물로 끌 수 없다. 이현을 따라 나갔던 전장에서 에린은 칼과 칼이 맞부딪히고 병사들이 피를 흘리며 고통스럽게 죽어 가는 광경을 본 적이 있다. 그 어떤 참혹한 광경도 지금 에린의 눈앞에 펼쳐지고 있는 불지옥과 비교할 수 없었다. 복수심에 불타는 리제는 차모르와 에른켈을 가리지 않고 인간과 인간이 만든 모든 것을 파괴하고 있었다. 인간이 드래곤을 두려워하는 게 레온의 목표였다면 충분히 달성되고도 남았을 거라고 에린은 생각했다.

그러나 인간들은 비명만 지르고 있지는 않았다. 성 반

대편에서 함성과 구호, 그리고 나팔 소리가 울려 퍼졌다. 병사들이 쏘아 올린 화살이 어느덧 옅게 동이 튼 하늘을 가득 채웠다. 그 사이를 리제의 붉은 그림자가 헤치고 지나갔다. 인간들은 아직 드래곤에 맞서기를 포기하지 않았다.

화살이 날아오른 방향으로 말을 달리며 에린이 소리쳤다.

"어째서 계속 싸우는 거지? 이길 수 없다는 걸 모르는
거야? 죽는 게 두렵지 않은 거냐고!"

"넌 인간을 몰라. 인간은 언젠가는 죽거든. 죽음의 공
포만으로는 인간을 막을 수 없어."

"대체 뭘 위해서? 뭘 위해서 목숨을 거는 거야? 고작
한 뼘 땅을 더 차지하기 위해서? 먹지도 못하는 금붙이
를 모으려고? 아니면 그 명예라는 게 진짜로 목숨을 걸

정도로 중요한 거야?"

"글쎄, 나도 잘 모르겠어. 어쨌든 인간은 보이지 않는 것을 위해 목숨을 걸 수 있는 유일한 동물이야. 그게 현명한 건지 어리석은 건지는 알 수 없지만."

다시 한번 화살이 하늘로 쏘아 올려졌다. 이번에는 화살 무리의 한가운데에 리제가 있었다. 리제가 뿜어낸 붉은 화염이 화살들을 녹였다. 그 불길이 그대로 쏟아져 내려와 궁수들을 덮쳤다. 병사들의 비명과 나팔 소리가 마치 분수처럼 전장에 울려 퍼졌다.

육중한 울림과 함께 리제가 땅 위로 내려섰다. 뜨거운 유황 연기를 내뿜는 리제는 조금 지쳐 보였다. 더 이상 병사들을 죽여 봐야 소용없다고 생각했는지 리제는 차모르의 사령관을 찾았다. 사령관 역시 도망갈 생각이 없었다. 방패로 무장한 병사들이 반으로 갈라지며 깃발을 든 기수를 태운 말 두 마리가 달려 나왔다. 에린은 그중 한 마리에 작은 아이가 실려 있는 걸 보았다.

사령관이 크게 소리쳤다.

"네가 드래곤인가! 인간의 말을 알아듣느냐!"

당장이라도 태워 버릴 것처럼 으르렁대며 다가오는

리제를 보면서도 사령관은 물러서지 않았다. 리제는 불을 뿜는 대신 땅에서 올라오는 듯한 목소리로 대답했다.

"네가 이들의 대장인가?"

"그렇다! 너는 어찌하여 인간의 전쟁에 끼어들었는가! 네가 에른켈의 수호신인가?"

"나는 인간 따위를 지키지 않는다. 발에 걸리는 것들을 걷어찰 뿐이지."

"그렇다면 이 녀석을 죽여도 불만이 없겠군."

뒤에 있던 부관이 아이의 머리를 끌어 올렸다. 이도였다. 부관이 이도의 목에 서슬 퍼런 칼을 가져다 댔다. 이도는 벌벌 떨면서도 살려 달라고 애원하지도 고함을 지르지도 않았다.

리제가 귀찮다는 듯이 대답했다.

"마음대로 해라."

"좋다. 우린 이 녀석을 죽이고 여기를 떠난다. 더는 너를 귀찮게 하지 않을 것이다. 그럼 충분하겠는가?"

"건방진 녀석. 똑바로

알아 두거라. 나는 결코 인간과 약속 따위는 하지 않는
다. 내가 불태우고 싶으면 불태우고 그만두고 싶으면
그만둔다."

"그렇다면 그만두고 싶게 만들어야겠군. 네가 우습게
보는 인간이 너를 얼마나 귀찮게 만들 수 있는지 보여
주마. 발사하라!"

리제의 주변에는 어느새 차모르의 병사들이 숨어들
어 있었다. 사령관의 구호와 함께 양쪽에서 날아든 쇠
사슬이 리제의 목에 감겼다. 리제는 불을 뿜으려 했지
만 양쪽에서 당기는 통에 제대로 방향을 잡지 못했다.
사방에서 던져진 쇠사슬 중 하나가 리제의 입을 걸어
단단히 조이기까지 했다. 당황한 리제가 버둥대는 사이
거대한 사슬 그물이 리제의 몸 위에 덮어씌워졌다. 차
모르군은 애초부터 드래곤의 습격에 대비하고 있었다.

"에른켈을 수호한다는 드래곤의 위력이 겨우 이 정도
였군. 삼백 년 동안 모습을 보이지 않았던 건 인간이 무
서워서였구나. 하하하! 그렇다면 나도 쓸데없는 약속을
할 필요가 없지. 여봐라! 에른켈의 왕을 죽이고 성도 점
령한다. 그리고 저 드래곤의 머리를 베어 성문에 장식

할 것이다!"

병사들의 함성이 전장을 뒤덮었다. 이도가 체념한 듯 눈을 감았다. 부관이 이도의 목에 가져다 댄 칼에 힘을 주었다.

"안 돼!"

그때 에린이 번개같이 달려들어 부관을 덮쳤다. 부관과 이도가 함께 말에서 굴러떨어졌다. 에린은 재빨리 이도를 부관에게서 빼냈다. 그와 동시에 몰려든 병사들의 창이 순식간에 에린을 둘러쌌다.

사령관이 외쳤다.

"어린 녀석이 겁이 없구나. 생포할 필요 없다! 둘 다 죽여 버려라!"

에린이 벌떡 일어나 제일 먼저 날아든 창 하나를 붙잡아 빼앗았다. 에린은 창을 바람개비처럼 휘두르며 사방에서 들어오는 공격을 막아 냈다. 에린 혼자라면 문제없겠지만 이도에게 날아오는 창까지 동시에 막아 내는 건 쉽지 않았다.

"시간 끌지 마라! 궁수!"

창을 든 병사들이 뒤로 물러나자마자 에린과 이도를

겨누고 있던 궁수들이 시위를 놓았다. 에린이 이를 악물며 정신을 집중했다. 드래곤의 반사 신경은 인간과는 비교할 수 없을 정도로 빠르다. 날아오는 수십 개의 화살을 에린은 하나도 빠짐없이 쳐 냈다. 쉴 틈도 없이 두 번째 화살들이 날아왔다. 이걸 언제까지 반복할 수 있을지 에린은 자신이 없어졌다.

그때였다. 분노한 리제가 천둥 같은 울음으로 새벽하늘을 찢었다. 기겁한 병사들이 무기를 떨어뜨리며 그 자리에 주저앉았다. 리제의 분노는 통제할 수 있는 수준을 넘어섰다. 그렇지 않아도 리제의 붉은 비늘이 더욱 시뻘겋게 달아오르기 시작했다. 리제를 감싸고 있던 쇠사슬이 엿가락처럼 녹아 떨어졌다. 애초에 쇠사슬 따위로는 드래곤을 묶을 수 없었다.

이성을 잃은 리제가 쉴 새 없이 불길을 토해 냈다. 뜨거운 열기가 사방을 휘감자 에린은 태어나서 처음으로 공포에 휩싸였다. 드래곤의 불길은 세상의 모든 것을 녹인다. 심지어 다른 드래곤마저 불태울 수 있다. 드래곤이 혼자 싸워야 하는 이유였다. 밀려오는 두려움에 에린의 머릿속이 하얗게 변해 버렸다.

"에린! 정신 차려!"

하늘에서 거센 바람이 불어와 에린 주변의 불길을 밀어냈다. 나탄이 초록색의 거대한 날개를 펄럭이며 리제의 불길에 맞서고 있었다. 흥분한 리제의 눈에는 에린은 물론 나탄도 들어오지 않는 모양이었다. 애초에 다른 드래곤이 불길을 내뿜고 있는 곳에 들어와서는 안되었다.

에린은 서둘러 드래곤으로 변신했다. 에린이 황금색 비늘로 뒤덮여 가는 걸 본 이도의 눈이 휘둥그레졌다. 에린은 이도가 날카로운 발톱에 베이지 않도록 조심스럽게 붙잡고 날아올랐다. 거의 동시에 리제가 뿜어낸 불길이 에린과 이도가 있던 자리를 덮쳤다. 넘실대는 불길에 에린의 황금색 갈기가 녹아내렸고, 인간이 버텨내기 힘든 열기에 이도는 정신을 잃어버렸다. 에린은 비명을 지르면서 하늘 높이 솟아올랐다.

미친 듯이 날뛰는 리제를 보면서도 차모르의 사령관은 쉽게 물러나지 않았다. 불길을 피해 말을 달리며 사령관이 외쳤다.

"이 저주받을 괴물 같으니! 대형 활을 준비하라! 저 괴

물을 위해 준비한 그 활 말이다!"

 나무가 뒤틀리는 소리와 함께 사람 키의 세 배만 한 거대한 활이 움직였다. 수백 겹의 섬유와 힘줄을 섞어 꼰 시위가 힘차게 당겨졌다. 시위에는 허벅지 굵기의 물푸레나무 기둥이 걸렸다. 그리고 그 끝에는 이도의 칼이 묶여 있었다. 드래곤의 불길로 만들어졌다는 전설의 칼. 페르의 심장을 찔렀다는 바로 그 칼이었다. 칼은 리제에게 정확히 겨눠졌다. 너무 많은 기력을 쏟아 낸 리제는 비틀거리면서도 여전히 사방에 불을 내뿜고 있었다.

 "발사!"

 쐐애액 소리와 함께 날아간 칼이 리제의 목에 정확히 명중했다. 리제의 비명이 다시 한번 땅을 흔들었다. 칼은 리제의 비늘을 꿰뚫지 못하고 바닥으로 떨어졌다. 이내 분노한 리제가 달려들어 활과 병사들을 단번에 짓밟아 버렸다.

 "퇴각! 퇴각!"

 차모르의 병사들이 사방으로 흩어졌다. 땅 위에 움직이는 거라고는 아무것도 남지 않게 되어서야 리제의 불길이 멈췄다. 그리고 그제야 리제는 전장에 에린과 나탄이 있었다는 사실을 깨달았다.

"어리석은 녀석들! 당장 내려오지 못하겠느냐!"

에린과 나탄이 땅 위에 내려앉으며 인간의 모습으로 변했다. 에린은 이도를 안은 채였다. 치렁치렁하던 에린의 황금빛 머리카락은 절반 넘게 녹아내려 보기 흉하게 엉겨 붙어 있었다. 그걸 본 리제의 눈이 불타올랐다.

"드래곤은 혼자 싸워야 한다는 걸 잊었나? 고작 인간 하나를 살리기 위해 금기를 어겼단 말이냐?"

"죄송합니다. 에른켈 왕이 살아남아야 이 전쟁이……."

"시끄럽다!"

리제는 에린의 말이 끝나기도 전에 쏘아붙였다. 그러고는 분노와 자신도 이해하지 못하는 어떤 감정이 뒤섞인 목소리로 에린에게 말했다.

"페르는 인간에게 죽은 게 아니다. 인간이 찌를 수 있도록 자기 비늘을 열었지. 하찮은 인간에게 매혹당해서 스스로 죽음을 택한 거다. 자신이 아닌 것을 위해 자신을 버리는 어리석은 선택을 했단 말이다. 너희도 그 정수에서 태어났으니 이런 한심한 짓을 벌이는 거겠지. 명심해라. 드래곤은 그 누구의 도움도 받지 않고 홀로 싸운다. 그 어떤 것도 이 세상의 모든 힘과 지혜를 담아 스스로 완전해진 드래곤을 쓰러뜨릴 수 없다. 온전히 비늘 안에 머물러라. 알겠느냐? 그게 드래곤이 이 세상을 지배하는 방식이다."

어쩌면 그건 리제 자신에게 되뇌는 말 같기도 했다. 불타오르는 리제의 시선을 피해 고개를 숙이던 에린의 눈에 리제의 목을 감싼 붉은 비늘 하나가 보였다. 놀랍게도 비늘에는 거미줄처럼 금이 가 있었다. 아까 활에 맞은 자리가 분명했다.

리제는 에린의 시선을 피하듯 몸을 털어 내며 급히 하늘로 솟아올라 베오부스 화산을 향해 날아갔다. 이도는 에린의 품 안에서 정신을 잃고 있었다. 나탄이 주위를 둘러보며 긴 한숨과 함께 말했다.

"이 난리를 쳐 놓았으니 당분간은 화산 밖으로 나오기 힘들겠어."

"아무래도 그렇겠지……. 잠깐만."

에린은 이도를 조심스럽게 바닥에 내려놓고 리제에게 맞고 떨어진 드래곤의 칼을 집어 왔다. 눈을 감고 있는 이도의 모습이 이를 악물고 차모르에 맞설 때보다 훨씬 편안해 보였다. 잠든 것 같기도 했다. 왕이라고는 해도 열 살 남짓한 아이다. 그런데도 에린은 자신이 이도보다 용감했다고 자신할 수 없었다.

멀리 에른켈의 병사들이 왕을 찾아다니는 모습이 보였다. 에린은 드래곤의 칼로 흉하게 녹아내린 자신의 황금빛 머리카락을 숭덩 잘라 냈다. 어디서 구해 왔는지 말 두 마리를 끌고 다가온 나탄이 그 모습을 보고는 길게 한숨을 내쉬었다. 에린은 이도의 한쪽 손에는 드

래곤의 칼을 그리고 다른 쪽 손에는 방금 잘라 낸 황금
빛 머리카락을 단단히 쥐여 주었다. 말에 올라탄 에린
은 병사들이 오기 전에 서둘러 전장을 빠져나갔다.

이해할 수 없는 인간

　이도는 육십 년 동안 에른켈을 다스렸다. 에린이 이도를 붙들어 하늘로 날아올랐다는 소문은 사람들의 입을 거칠 때마다 부풀려졌다. 나중에는 이도가 드래곤을 타고 하늘을 날며 불길을 쏟아부었다는 말이 사실처럼 떠돌았다. 이도가 왕위에 있는 동안 차모르는 에른켈의 땅을 밟을 엄두를 내지 못했다.

　에린은 두 번 다시 이도를 만나지 못했다. 못한 게 아니라 안 했다. 이도는 베오부스 화산 일대를 드래곤의 성역으로 정하고 오직 에른켈의 국왕만이 그 안에 들어갈 수 있다고 선포했다. 이도가 건장한 청년이 되고 세월이 흘러 검었던 머리카락이 레온과 비슷한 흰색으로 물들어 가는 동안에도 에린은 여전히 어린아이의 모습이었다. 가끔 이도가 홀로 말을 타고 검은 숲을 거닌다는 걸 알고 있었지만 에린은 그 앞에 나타날 엄두를 내지 못했다.

에린은 이도와 함께 리제의 불길에 휩싸였을 때의 두려움을 잊지 못했다. 이도를 구하기 위해 뛰어든 걸 후회한 것은 아니다. 리제의 불길에 휩싸일 수 있다는 것도 알았다. 그걸 알면서도 뛰어들었다는 사실이 두려웠다. 그 순간 에린은 이도를 위해 자신의 목숨을 걸었다. 왜 그랬을까? 아무리 따져 봐도 합리적인 선택이 아니었다. 페르가 인간을 위해 죽음을 선택할 때도 그런 기분이었을까?

리제는 에린이 인간의 정신에 오염된 거라고 쏘아붙였다. 인간의 부정함을 씻어 낸다며 리제는 뜨거운 용암에 몸을 담근 채 화산 밖으로 나가지 않았다. 그 이유가 전부가 아니라는 걸 에린은 알았다. 리제는 자기 목에 생긴 작은 흉터를 끔찍하게 부끄러워했다. 커다란 용암 웅덩이에 몸을 담그고는 비늘이 불덩이처럼 타오

를 때까지 달궈 댔다. 그래도 흉터는 없어지지 않았다. 리제의 불길에 녹아내린 에린의 머리카락도 거의 자라지 않았다. 치렁치렁하던 머리가 이제는 겨우 어깨에 닿을락 말락 했다. 늙어 죽는 일이 없는 드래곤은 재생 또한 느리다는 걸 에린은 실감했다.

"드래곤이 입은 상처는 평생 지워지지 않는구나."

"상처 입을 일이 별로 없으니까. 괜찮아. 단발머리도 잘 어울려. 난 자르지 않아도 머리카락이 원래 이런걸."

나탄이 자신의 짧은 초록색 머리카락을 쓸어 보이며 말했다. 그렇게 말해도 나탄은 서운한 표정이었다. 나탄은 에린의 황금빛 머리카락이 바람에 날리는 모습을 좋아했다. 나탄은 자신뿐 아니라 에린도 인간의 모습으로 있는 걸 좋아했다. 베오부스 화산을 떠나지 않는 에린과 달리 나탄은 여전히 인간의 모습으로 인간들을 만나고 다녔다. 이도도 몇 번 만나 본 모양이었다.

어느 날 나탄이 에린에게 물었다.

"너 정말 이도 안 만나 볼 거야? 벌써 육십 년이 지났는데."

"봐서 뭐 해, 이제 와서."

"이도가 보고 싶어 해. 매년 이 숲에 혼자 들어와서 널 기다리다 가."

"매년이었어? 가끔 온다는 건 알았는데."

"올해가 마지막일 것 같아."

"그래. 이제 포기할 때도 됐지."

"그게 아니라, 이도의 몸이 많이 약해졌어."

그 말을 듣는 순간 에린의 가슴 한구석이 서늘해졌다. 에린의 가슴속에 있던 무언가가 밖으로 빠져나가는 느낌이었다. 에린은 얼른 정신을 차리고 고개를 저었다.

"당연한 거잖아. 인간의 수명은 그 정도가 한계니까."

"왜 그렇게 이도를 피하는 거야?"

에린은 대답하지 못했다. 리제가 비늘에 상처를 입었듯 에린의 가슴에도 보이지 않는 상처가 남았다. 강력한 마법에 걸린 것 같았다. 이도를 다시 만나면 그 상처가 더 벌어질지도 모른다. 그런 말을 나탄에게 하고 싶지는 않았다. 드래곤은 영원하지만 인간은 사라진다. 인간이 남긴 상처도 인간과 함께 사라질 게 분명했다.

"인간은 우리를 약하게 만들어. 난 더 강해질 거야. 장로님이 가르쳐 주려 했던 것도 아마 그런 걸 거야."

나탄은 어쩔 수 없다는 듯 고개를 흔들었다. 그리고 얼마 후 화산 꼭대기에서 노을이 지는 모습을 바라보고 있는 에린의 곁으로 나탄이 날아와 앉았다. 나탄이 내민 손에는 금빛 매듭으로 곱게 땋은 팔찌 하나가 놓여 있었다.

"이게 뭐야?"

"뭐긴, 네 머리카락이지."

나탄이 더 이상 말을 하지 않아도 에린은 무슨 일이 일어났는지 알았다. 에린의 심장이 차갑게 얼어붙었다. 인간이 사라지면 인간이 남긴 상처도 사라질 줄 알았는데 큰 착각이었다. 인간은 죽어도 사라지지 않는다. 인간은 죽은 뒤에도 세상에 깊은 흔적을 남긴다. 에린은 날카로운 칼로 찌르는 듯 가슴이 아팠다.

나탄이 말했다.

"드래곤의 몸은 잘려 나간 후에도 원래 드래곤의 일부야. 이 머리카락이 어디에 있는지 넌 느낄 수 있었겠지. 이도는 평생 이 팔찌를 차고 다녔어. 이 숲에 올 때는 물론, 잘 때도 빼놓지 않았고. 이도가 매년 이곳을 찾는 거 알고 있었지?"

에린은 대답하지 않았다. 나탄이 짧게 한숨을 내쉬었다.

"주인에게 돌려주라고 유언을 남겼어. 그리고 이 말도 함께. 함께해 줘서 고마웠다고."

에린은 더 버틸 수 없었다. 어느새 해가 지평선 아래로 떨어지고 푸른 어둠이 세상을 감쌌다. 에린이 겨우 말을 뱉었다.

"나한테는 이제 더 이상 필요 없어. 불태워 버리든지 알아서 해."

"그래? 그럼 내가 가질게. 너, 이거 나 주는 거다?"

아무래도 상관없다는 뜻으로 고개를 끄덕이고는 에린은 차가운 밤하늘 위로 날아올랐다. 공기가 희박한 성층권까지 날아올라도 에린은 이도가 남긴 흔적을 털어 낼 수 없었다.

그 뒤로도 오랫동안 에린은 화산을 떠나지 않았다. 리제도 마찬가지였다. 장로인 레온도 드래곤에게 인간을 만나라는 명령을 내리지 않았다. 나탄은 여전히 인간을

만나고 다녔지만 드래곤의 모습을 보여 주지는 않았다.

멀리 다른 곳에 둥지를 튼 드래곤들도 인간을 피했다.

수백 년이 지나는 동안 그 어떤 인간도 드래곤이 하늘

을 나는 모습을 보지 못했다. 드래곤에 관한 이야기는

모두 전설이 되었고 드래곤은 이제 다 사라졌다고 믿는

인간이 늘어났다.

　　드래곤이 없는 세상에서 인간은 점점 강해졌다.

　　인간들은 거대한 거인을 만들어 냈다. 이

　　제 심지어 인간은 하늘도 날 수 있었다.

　　　인간이 만들어 낸 기계들은 아직

　　　은 드래곤보다 작았고 드래

　　　곤의 비늘보다 약했으

며 드래곤의 불보다 덜 뜨거웠지만, 드래곤은 더 이상 가까이 다가갈 수 없는 모든 생명의 지배자가 아니었다. 리제는 인간이 더 강해지기 전에 모두 불태워 버려야 한다고 몇 번이나 주장했다. 그때마다 레오은 고개를 저었다.

"지금은 밀물이 밀려오는 때다. 바다에 맞서는 건 어리석은 일이지. 썰물을 기다리는 편이 나을 것이다."

그 밀물이 과연 발밑까지 올라왔다가 다시 물러날지, 아니면 그대로 차올라 드래곤의 안식처를 삼켜 버릴지 알 수 없었다. 인간을 멀리해도 드래곤은 강해지지 않았다. 애초에 드래곤이 더 강해질 수 있는지도 의문이었다. 엄밀히 말하면 인간도 강해지지 않았다. 강해진 건 인간의 무기였다. 나탄은 그 점을 분명히 했다.

"인간이 강해진 게 아니라 무기가 강해진 거지. 인간의 근육이야 예전이나 지금이나 하잘것없으니까. 어쩌면 언젠가는 드래곤을 태울 수 있는 불을 만들어 낼지도 몰라."

"그럼 인간은 드래곤보다 더 강해진 게 아니라 현명해진 거네."

"아니. 인간의 두뇌도 하잘것없
기는 마찬가지야. 세상에 있지도
않은 걸 믿거나 감정에 흔들려서
그릇된 판단을 내리기도 해. 앞날
을 내다보지 못하고 심지어는 어제 있
었던 일도 제대로 기억 못 하지. 하긴 언젠가 죽
는다는 뻔한 사실을 잊지 않고는 제대로 살아갈 수가
없을 테니까. 현명한 건 인간이 아니라 이거야."

나탄은 읽고 있던 책을 흔들어 보였다. 인간
이 만든 책이었다. 나탄이 뒤이어 말했다.

"거인의 어깨 위에 올라서 있는 거라고
어떤 인간이 그러더라고. 인간
은 작지만 거대한 거인 덕분
에 그 위에서 먼 곳을 볼
수 있는 거지."

"그 거인이 뭔데?"

"문명이라는 거야. 인간의 진짜 무기지.
인간들이 하나씩 골격을 쌓아 올려 만든
거인이야. 이런 책으로 다음 사람에게 지식

을 전하면서 조금씩 더 높은 곳으로 올라가는 거지.”

“드래곤도 서로에게 지혜를 전해 주면 좋을 텐데.”

“틀렸어. 드래곤은 못 해.”

“왜?”

나탄은 보던 책을 덮으며 에린을 바라보고 웃었다. 그러고는 약간 짓궂은 표정을 지으며 말했다.

“에린, 너는 너의 경계가 어디라고 생각해?”

“뭐? 그게 무슨 소리야?”

“경계 말이야, 경계. 그러니까 어디까지가 너고 어디부터가 네가 아니냐고.”

“그야 이 몸이 나지. 경계는 비늘일 거고. 뭐, 그런 질문이 다 있어?”

“왜냐하면 내 생각엔 인간은 안 그런 거 같거든. 인간은 자신의 몸속에만 있는 게 아니고 일부는 밖으로

빠져나와 다른 사람과 섞이는 것처럼 보여. 또 일부는 몸이 죽어도 남아서 계속 살아가기도 하고 그러는 거 같아."

이도의 이야기를 할 때 에린은 자신의 몸속에서 무언가가 빠져나가는 것 같았다. 이도가 죽었다는 이야기를 들었을 때 가슴속으로 무언가가 파고들었다. 지금까지도 천천히 숨을 몰아쉬면 그 흔적을 느낄 수 있었다. 나탄이 말하는 게 그런 것일까. 에린이 물었다.

"그래? 나탄 너도 그런 걸 느껴?"

"당연히 못 느끼지, 난 드래곤인데."

의외였다. 인간을 좋아하고 인간을 많이 만나는 나탄이라면 그 정도는 느껴 봤을 줄 알았다. 나탄이 계속 말했다.

"내 생각에 인간이 강한 이유는 말이야. 힘을 자신의 안에 모으지 않고 바깥에 모으기 때문인 것 같아. 인간 하나가 쌓는 힘은 작지만 너도 알다시피 인간은 수가 엄청나게 많잖아. 그러니까 드래곤보다 큰 힘을 쌓을 수 있는 거지."

"그럼 그렇게 바깥에 쌓은 힘은 누구의 힘이야? 누가

그 힘을 쓰는 거야?"

"그야 인간 전체지."

"인간들이 서로 다른 생각을 하면?"

"글쎄……. 그럼 힘을 가지려고 서로 싸우겠지? 그래서 인간들이 계속 싸우는 걸지도 몰라."

나탄은 그렇게 말하고는 내려놓았던 책을 다시 집어 들었다.

"어쨌든 아직 연구 중이야. 한 가지 좋은 건, 인간은 지식도 이렇게 바깥에 꺼내 놓았다는 점이야. 굳이 인간을 찾아가서 물어볼 필요 없이 이걸 읽으면 된단 말이지."

나탄이 가느다란 손가락으로 책장을 넘겼다.

당돌한 아이, 유진

나탄이 인간의 책을 읽고 강해지는 것보다 인간들이 스스로 강해지는 속도가 훨씬 더 빨랐다. 이제 드래곤은 숨지도 못했다. 인간이 만든 비행기는 하늘을 날며 숲 전체를 감시했고 화산 깊은 곳까지 밀려들어 드래곤을 위협했다. 드래곤은 속수무책으로 인간 앞에 모습을 드러내야 했다.

대륙 저편에서는 둥지를 잃은 드래곤이 인간의 모습으로 변해 겨우 살아남았으며 용암을 마음껏 들이켜지 못해 쇠약해지고 있다는 소식이 들려왔다. 베오부스 화산에 숨어 있는 네 마리의 드래곤이 무사한 건 오로지

드래곤을 신성시하는 에
른켈 사람들 덕분이었다.

이도가 왕위에 있을 때 전성기를
맞았던 에른켈은 그 이후 서서히 쇠약해
지면서 지금은 또다시 옛 영광을 붙잡고 사는 작
은 나라가 되어 버렸다. 비효율적인 전통은 버리고 과
학 기술을 발전시켜야 한다고 주장하는 사람들은 나라
밖으로 추방되었다. 이백 년 전 그렇게 추방된 사람들
이 바다 건너에 세운 나라인 아란티스가 지금은 에른켈
보다 훨씬 부강한 나라가 되었다. 주변 국가들을 하나
둘 정복하던 차모르는 이제 거대한 연방국이 되어 에른
켈을 위협했다. 차모르와 아란티스 사이에 낀 에른켈의
운명은 바람 앞의 등불처럼 한 치 앞을 내다볼 수 없는
신세였다.

그럴수록 에른켈 사람들은 더더욱 드래곤에 매달렸
다. 에른켈에 드래곤이 나타나 차모르를 물리치고
다시 대륙의 지배자가 될 거라는 허황한 믿음
을 버리지 않았다. 왕이 대통령으로
바뀌고 성역이 자연 보호 구역

으로 바뀌었어도 베오부스 화산
일대는 여전히 접근 금지였다. 몰래 검은 숲에
들어온 모험가들은 종종 시커멓게 타고 녹아 버린
시체로 발견되었다. 리제의 소행이었다. 그 또한 드래
곤의 힘을 믿는 사람들에게는 신성한 계시였다.

　에린 역시 숲을 돌며 건방진 모험가들을 내쫓았다. 굳
이 모습을 드러낼 필요도 없었다. 야영하고 있을 때 소
름 끼치는 울음을 들려주거나 녹아내린 바윗덩어리를
보여 주는 걸로 충분했다.

　그런데 이번에는 그게 통하지 않았다.

　특별한 장비도 없이 혼자 숲에 들어온 인간이었는데
아무리 겁을 줘도 도망칠 생각을 하지 않았다. 길을 잃
은 것도 아니었다. 드래곤의 흔적을 발견하면 오히려
그걸 따라서 점점 더 깊은 숲으로 들어왔다. 에린은 결
국 인간의 모습으로 변해 인간 앞을 막아섰다.

　"아, 찾았다."

　인간은 당황하지 않았다. 오히려 당황한 건 에린이었

다. 인간은 고작 일곱 살 남짓해 보이는 어린아이였다. 신발이 찢어지고 해져서 발가락이 다 드러났다. 얼굴이며 손에 긁히고 부르튼 상처가 가득했다. 며칠을 굶었는지 비쩍 마른 데다가 뭘 뜯어 먹었는지 입 주변은 초록색으로 물들어 있었다. 몸을 버티고 서 있는 게 신기할 정도였다. 아이는 에린을 향해 한껏 입가를 끌어 올려 미소 짓고는 그대로 땅 위로 쓰러졌다.

에린은 혹시라도 리제의 눈에 띌까 아이를 깊은 동굴 속에 끌어다 놓은 뒤 나탄을 불렀다. 인간의 책을 읽으며 인간에 관해 공부한 나탄이라면 인간을 살리는 방법도 알 것 같았다. 동굴에 누워 있는 아이를 본 나탄은 예상대로 펄쩍 뛰며 기뻐했다.

"뭐야, 에린! 인간이라면 다시는 쳐다보지도 않을 것 같더니 아예 인간을 화산 안쪽으로 끌어들였어? 대체 무슨 생각인 거야?"

"내가 끌어들인 게 아니야, 알아서 들어온 거지. 치료만 해 주고 내보낼 거야."

"대체 왜? 언제부터 그렇게 인간을 챙겼어?"

"어린애잖아……."

"인간은 다 어린애지."

"싫으면 그만둬. 그것도 저 애의 운명이니까."

"누가 싫댔어? 인간에 대해 더 자세히 알 수 있는 기회인데 내가 왜 마다하겠어?"

나탄은 인간의 마을에서 구해 온 약을 먹이며 아이를 치료했다. 아이는 꼬박 사흘 밤낮을 기절해 있다가 겨우 눈을 떴다. 자신이 드래곤의 둥지에 들어와 있다는 걸 깨달은 아이는 겁에 질리기는커녕 안도의 한숨을 내쉬었다. 에린이 어이없어하며 물었다.

"정신이 드니? 여기서 뭘 하고 있었어?"

"드래곤을 찾고 있었어요."

"드래곤은 어린아이라고 해서 봐주지 않아. 잡아먹히고 싶지 않으면 당장 집으로 돌아가. 나가는 길을 알려줄 테니까."

"전 돌아갈 집이 없어요."

그렇게 말하는 아이는 당당하다 못해 당돌했다. 오백 년을 살았어도 에린과 나탄은 고작 열다섯 살 정도의 모습에 불과했다. 드래곤으로 변해 불을 뿜는 걸 보여줄까 하다가 그만두었다.

잔뜩 힘이 들어간 아이의 눈빛을 보며 에린은 이도를 떠올렸다.

"너, 이름이 뭐니?"

"유진이에요."

"돌아갈 집이 없다니, 부모님은?"

"차모르 군대가 쳐들어와서 마을을 전부 불태웠어요. 부모님은 돌아가셨고 살아남은 마을 사람들도 전부 잡혀갔어요. 전 숲속에 숨어 있어서 겨우 군인들을 피했어요."

차모르가 수시로 에른켈의 국경을 넘으며 마을을 약탈하고 있다는 소문은 나탄을 통해 들었다. 가장 가까운 국경이라고 해도 아이의 걸음으로는 이곳까지 꼬박 한 달은 걸어야 했다. 에린은 긁히고 터진 상처로 가득한 아이의 몸을 살펴보며 물었다.

"그런데 왜 여길 왔어?"

"말씀드렸잖아요. 드래곤을 찾으려고요."

"드래곤을 찾아서 뭐 하게?"

"아무리 생각해 보아도 복수할 방법은 그것밖에 없으니까요."

"드래곤은 인간을 도와주지 않아. 어른들을 찾아가. 나라에서 아이들을 돌봐 주는 곳이 있을 거 아냐."

그 말을 들은 유진은 답답하다는 듯 눈썹을 찌푸리고는 잠시 에린을 노려보았다. 너무도 당당한 눈빛에 오히려 머쓱해진 에린에게 유진이 말했다.

"에른켈은 힘없는 나라예요. 차모르를 이길 방법이 없어요. 어른들이 하는 일이라고는 곳곳에 사당을 세워 놓고 드래곤이 내려와 차모르를 물리쳐 주기를 비는 것뿐이에요. 그래 놓고는 자기 할 일을 다 한 듯이 뿌듯한 표정으로 마을로 내려오죠. 한심해 죽겠어요."

인간이 한심한 건 사실이었다. 아무리 빌어 봐야 드래곤이 소원을 들어줄 리 없으니까. 어린 인간이 그런 말을 하니 에린은 자기도 모르게 헛웃음이 나왔다. 하지만 이어지는 유진의 말을 듣고는 더 이상 웃을 수 없었다.

"그래서 전 드래곤과 협상을 하러 여기 온 거예요."

"뭐? 협상?"

"네. 차모르가 에른켈을 점령하면 이곳도 안전하지 않아요. 그 한심한 어른들 덕분에 이곳의 드래곤이 무사한 거니까요. 차모르는 드래곤에게 원한을 품고 있으니 에른켈을 점령하자마자 베오부스 화산을 공격할 거예요. 얼마 전에 차모르가 예체르 화산을 점령한 건 알고 계시죠? 그곳에 있는 드래곤들을 붙잡으려고 곧 군대를 끌고 공격할 거라는 소문이 돌고 있어요. 그러니 더 늦기 전에 힘을 합쳐서 차모르를 몰아내자고 제안하려고 온 거예요."

"흥. 차모르의 군대가 아무리 강력해도 예체르를 건드리는 순간 거품처럼 녹아 버릴 거야. 그곳에는 멜린 장로님이 계시니까."

에린이 대답했다. 대륙 동부에 있는 예체르 화산은 인간을 피해 도망친 드래곤들이 숨어 있는 곳으로, 베오부스 화산과 함께 지금까지 남아 있는 단 두 개의 드래곤 둥지 중 하나다. 베오부스가 레온의 지혜와 에른켈 인들의 숭배 때문에 무사하다면 예체르를 지키는 건 오로지 장로인 멜린의 힘이었다.

멜린은 레온만큼이나 나이가 많았다. 에린과 나탄은 알에서 깨어나고 얼마 되지 않아 새로운 드래곤의 탄생을 축하하러 온 멜린을 만난 적이 있다. 멜린의 비늘은 모든 빛을 빨아들이는 그림자처럼 검었다. 레온이 오랜

세월 동안 지혜를 쌓았다면 멜린은 힘을 쌓았다. 멜린은 그 어떤 드래곤보다도 빠르고 강했다. 멜린의 불길은 볼 수 있어도 멜린은 볼 수 없다는 말이 있을 정도였다. 에린은 아무리 인간이 강해졌어도 멜린만큼은 상대할 수 없을 거라고 믿었다.

유진은 못 믿겠다는 듯 눈을 가늘게 뜨며 물었다.

"멜린이라는 드래곤이 그렇게 강하다면 왜 다른 드래곤이 인간에게 쫓겨 도망치는 걸 그냥 보고 있었던 거죠?"

"그야 드래곤은 다른 드래곤을 돕지 않으니까. 드래곤은 언제나 혼자 싸워. 모든 드래곤은 자신의 힘으로 살아가야 해. 다른 드래곤에게 도움을 받는 순간 드래곤으로서는 끝난 거나 마찬가지지."

"서로 돕는 법을 모르다니 드래곤도 한심하긴 마찬가지네요."

"인간은 서로 돕고 사나? 차모르가 에른켈을 도와주기 위해 침략한 건가? 자신의 힘이 강하지 않으면 언젠가는 쓰러지기 마련이야. 그게 세상의 법칙이지."

에린이 쏘아붙이자 유진은 입술을 깨물며 잠시 에린

을 노려보았다. 그러더니 비꼬듯이 내뱉었다.

"그래요? 그럼 제가 화산을 잘못 찾아왔네요. 예체르로 갔어야 했는데."

당장이라도 예체르 화산으로 떠날 것처럼 일어나려는 유진에게 나탄이 손을 내저으며 말했다.

"여기로 오길 잘한 거야. 멜린의 모습을 본 인간은 그 누구도 살아남지 못했으니까."

"복수를 할 수만 있다면 전 죽어도 상관없어요. 그래요! 멜린이 분노하게 만들 방법은 없을까요? 분노해서 차모르를 쓸어 버릴 수 있도록."

나탄조차 말문이 막혔지만 유진은 진지했다. 복수를 위해 자신의 목숨까지 버린다는 걸 에린은 여전히 이해할 수 없었다. 아무리 복수를 해도 죽은 사람을 다시 살릴 수는 없다. 그런데 대체 왜 인간은 목숨을 하나 더 버리는 선택을 서슴없이 하는 걸까? 에린은 다시 이도를 떠올릴 수밖에 없었다. 가슴 한쪽이 저릿한 것을 참으며 에린이 물었다.

"명예 때문인가? 불명예스럽게 살고 싶지 않아서?"

"명예요? 그게 뭔데요? 전 그런 거 몰라요. 그날 부모님이 돌아가실 때 저도 같이 죽었어요. 전 지금 귀신이 되어서 차모르를 같이 지옥으로 끌고 들어가려는 거라고요."

에린은 그 순간 유진의 눈에서 마치 드래곤처럼 불길이 확 솟아오르는 걸 본 것 같았다. 주변의 열기가 전부 유진에게로 빨려 들어가는 듯한 느낌에 온몸에 소름이 돋았다. 나약한 인간 하나가 이처럼 강력한 기운을 내뿜을 수 있다는 게 믿기지 않았다. 인간은 자신의 몸속에만 있는 게 아니라 바깥으로 빠져나오기도 한다는 나탄의 말이 생각났다. 에린은 자기도 모르게 한 걸음 뒤로 물러났다.

"자, 자. 복수든 뭐든 몸이 건강해야 할 수 있는 거야. 일단은 쉬면서 체력을 회복해. 그러면서 천천히 소원을 빌든 협상을 하든 해 보자고."

나탄이 끼어들어 유진을 달랬다. 유진은 서슬 퍼런 기운을 가라앉히며 고개를 끄덕였다. 나탄이 유진을 다시 눕히고 먹을 것을 챙겨 주는 모습을 뒤로하고 에린은 동굴을 빠져나왔다.

6

예체르 화산에서 일어난 일

나탄은 인간을 곁에 두고 계속 관찰할 수 있어서인 지 유진을 매우 아꼈다. 유진을 베오부스 화산 안에 숨 겨 두게 된 것이 자신이 아니라 에린 때문이라서 더 즐 거운 모양이었다. 나탄은 오래전부터 인간에게 배워야 한다고 주장하는 유일한 드래곤이었다. 친한 친구인 에 린조차 그런 주장을 내켜 하지 않았었는데 이제 에린이 공범이 되었으니 기뻐할 만도 했다.

길들이지 않은 야수처럼 복수심을 불태우던 유진도 많이 안정되었다. 처음 만났을 때는 이상하리만큼 침착 한 모습 안에 당장이라도 터질 듯한 시한폭탄과도 같은 분노가 느껴졌다. 하지만 이제 유진은 적어도 당장은 자기가 할 수 있는 일이 없다는 걸 어느 정도 받아들인 듯했다.

혹시라도 리제에게 들킨다면 유진의 목숨은 장담할 수 없었다. 하루 대부분을 어두운 동굴에 숨어 지내면서도 유진은 답답해하지 않았다. 나탄은 그런 유진이 안쓰러웠는지 가끔 유진을 등에 태우고 몰래 하늘로 날아올랐다. 그러기 위해 나탄은 기꺼이 초록 드래곤의 모습으로 변신했다.

에린은 될 수 있으면 유진과 거리를 두려 하면서도 검술만큼은 가르쳐 주었다. 언젠가는 유진이 이곳을 떠나 인간과 살아가야 할 테니 자기 몸 하나는 지킬 수 있게 해 주고 싶었다. 모든 일에 진지하고 열심인 유진은 검술 실력도 놀랄 만큼 빨리 늘었다.

그런 유진의 모습에서 이도를 떠올리지 않았다면 거짓말이다. 유진과 보내는 날들은 에린에게 응어리처럼 맺혀 있던 이도와의 기억을 조금씩 밝은색으로 덧칠해 주었다. 다만 에린은 인간의 감정이 자신을 집어삼키지는 않는지 극도로 주의하며 마음을 다스렸다.

하지만 유진은 복수를 포기한 게 아니었다. 베오부스 화산에 온 지 오 년쯤 지난 어느 날, 유진은 쪽지 한 장도 없이 동굴에서 사라졌다. 유진뿐만 아니라 나탄의 모습도 보이지 않았다. 에린은 차모르에게 복수하기 위해 예체르 화산으로 가겠다던 유진의 말을 떠올렸다.

에린은 조용히 정신을 집중했다. 나탄은 에린의 머리카락으로 땋은 팔찌를 지니고 있었다. 그 팔찌는 여전히 에린의 몸이나 다름없었다. 정신을 집중하면 팔찌가 어디에 있는지 느낄 수 있었다. 우려하던 그대로였다. 팔찌는 예체르 화산을 향해 빠르게 멀어지고 있었다. 인간이 낼 수 있는 속도는 아니었다. 어떻게 설득했는지는 몰라도 유진은 나탄의 등에 타고 예체르로 날아가고 있는 게 분명했다. 에린은 서둘러 동굴을 빠져나와 황금빛 드래곤으로 변신하여 하늘로 날아올랐다.

예체르 화산을 점령하자마자 차모르는 화산을 포위하고 드래곤을 산 채로 붙잡으려 했다. 유진이 장담한 그대로였다. 하지만 멜린의 분노 앞에서는 인간이 만든 최고의 무기도 아무 소용이 없었다. 예체르 화산 주변은 검게 불탄 나무와 녹아내린 고철로 뒤덮였고 차모르는 결국 군대를 철수했다. 멜린을 비롯해 총 넷의 드래곤이 예체르에서 살아남았다. 베오부스까지 합하면 세상에는 모두 여덟 드래곤이 남은 셈이었다.

차모르의 군대에 맞서며 멜린은 더욱 사나워졌다. 온산을 뒤덮는 멜린의 불길이 두려워 다른 드래곤들도 가까이 가지 못한다는 소문이 들려왔다. 멜린의 불길이 예체르로 날아가던 나탄을 뒤덮는 상상을 하며 에린은 몸을 떨었다. 에린은 더욱 속력을 높였다. 팔찌가 점점 가까워졌다. 예체르 화산이 내뿜는 검은 연기가 어렴풋이 보이는 곳에서 에린은 나탄을 따라잡았다. 에린은 황금빛 화살처럼 날아가 나탄의 주변을 한 번 감싸고 돌고는 땅으로 내려왔다. 나탄도 에린의 뒤를 따라왔다.

에린이 내려선 곳은 인간과 드래곤의 전쟁이 있었던 예체르 화산의 한 자락이었다. 불타고 파헤쳐진 그곳은 흙마저 검었다. 초록색 날개를 펄럭이며 땅으로 내려온 나탄이 인간으로 변하자 나탄의 목에 매달려 있던 유진도 능숙하게 펄쩍 땅으로 뛰어내렸다.

에린이 눈살을 찌푸리며 물었다.

"어쩌자고 여길 왔어? 나한테는 아무 말도 없이."

"미안해. 너까지 위험하게 하고 싶지는 않았어. 우리가 여기 온 거 어떻게 알았어?"

에린은 말없이 나탄의 팔목에 걸려 있는 황금빛 매듭을 눈으로 가리켰다. 나탄은 그제야 이해했다는 듯이 고개를 끄덕였다. 유진이 다급한 표정으로 끼어들었다.

"이럴 시간이 없어요. 어서 멜린에게 알려야 해요. 여기 있는 드래곤들이 위험해요."

"대체 무슨 소리를 하는 거야? 인간의 힘으로는 멜린을 어쩔 수 없다는 걸 여기 이 광경을 보고도 모르겠어?"

에린이 고철이 되어 버린 인간의 무기를 가리키며 말했다. 나탄이 설명했다.

"유진의 말은 사실이야. 사실 우린 차모르를 염탐하고 있었거든."

나탄은 인간이 '핵미사일'이라는 끔찍한 무기를 만들어 냈다고 했다. 멜린과의 대결에서 패배한 차모르는 드래곤과의 정면 대결에서 승산이 없다고 판단하자 드래곤과 함께 아예 화산 전체를 없애 버리기로 결심했다.

나탄의 말에 따르면 핵미사일은 주변의 모든 것을 무

너뜨리고 불태울 뿐 아니라 눈
에 보이지도 않는 빛으로 살아 있는
생명을 시들게 한다고 했다. 하늘에서는
검은 재가 쏟아지고 그 재에 뒤덮인 땅에서는
그 어떤 생명도 다시 태어나지 못한다고도 했다.

"말도 안 돼. 세상에 그런 무기가 어딨어? 그리고 인
간도 생명이잖아. 드래곤을 내쫓겠다고 이곳을 자신도
살 수 없는 땅으로 만든다고? 아무리 인간이 한 치 앞을
내다보지 못해도 그런 일을 할 리가 있어?"

"인간은 해요. 하고도 남아요. 인간은 보고 싶은 것만
보고 믿고 싶은 것만 믿으니까. 그것이 인간의 능력이
에요."

유진이 단호한 눈빛으로 그렇게 말했다. 에린이 못 믿
겠다는 표정을 짓자 유진이 덧붙였다.

"저 역시 부모님의 복수만 할 수 있다면 세상이 멸망
해도 좋다고 생각했으니까요. 그래서 알아요. 인간은
그런 짓을 하고도 남아요. 그런 무기가 있다면 인간은
결국에는 그걸 쓰고 말 거예요."

"아무리 그래도……."

그때 멀리서 드래곤의 외침이 들려왔다. 예체르의 분화구에서 드래곤 셋이 솟아올라 화산 주위를 맴돌기 시작했다. 그러더니 에린이 있는 곳으로 곧장 날아왔다. 세 드래곤은 소용돌이처럼 에린과 나탄 그리고 유진을 휘감으며 땅으로 내려왔다. 검은 먼지가 자욱하게 피어올랐다.

셋 중 가장 몸집이 큰 갈색의 드래곤은 나무껍질처럼 두꺼운 비늘로 온몸을 뒤덮고는 육중한 다리로 마치 뿌리내린 듯 땅을 딛고 서 있었다. 그 옆의 드래곤은 비늘이 물처럼 푸른빛이었는데 이음매가 잘 보이지 않을 정도로 정교하게 유선형의 몸체를 감싸고 있어 마치 출렁이는 바닷물 같았다. 뜨거운 입김을 내뿜으며 에린에게 한 걸음 다가선 드래곤은 밤하늘처럼 검푸른 비늘 곳곳에 별처럼 하얀 점이 박혀 있었다. 점 하나하나가 진짜 별처럼 빛을 내며 맴돌고 있는 모습은 거대한 우주를 연상케 했다.

에린은 세 드래곤의 이름을 알고 있었다. 갈색의 드래곤은 비스, 푸른색은 마흐 그리고 검푸른 우주를 연상케 하는 드래곤은 아민이었다. 세 드래곤 역시 에린을 알아보았다.

　"소문이 사실이었군, 황금 드래곤 에린. 아직 젖내도
채 가시지 않았구나."

　에린을 보는 아민의 눈빛은 곱지 않았다. 하지만 그건
비교적 온화한 표정이었다. 유진에게 시선을 돌린 아민

은 거대한 송곳니를 드러내며 표정을 일그러뜨렸다. 입
가에서는 진한 유황 냄새가 흘러나왔다.

"어째서 인간과 함께 있는 것이냐! 베오부스의 드래
곤들은 인간의 눈치를 보며 숨어 살고 있다더니 그게
사실이었나 보지?"

"그게 차라리 현명했다는 걸 알게 될걸요. 예체르 화산은 곧 잿더미로 변할 테니까요."

유진이 지지 않고 대꾸했다. 아민이 더는 못 참겠다는 듯 유진에게 성큼 다가서며 뜨거운 입김을 내뿜었다. 그 열기에 유진의 머리카락 끝이 파르르 말려 들어갔다. 유진은 이를 악물며 주먹을 꼭 쥐었지만 뒤로 물러서지는 않았다. 눈을 감지도 않았다. 아민이 가소롭다는 듯이 코웃음을 치며 말했다.

"건방진 녀석. 멜린 장로님의 명령이 아니었다면 넌 이미 검은 잿가루가 되어 바람에 날아갔을 것이다. 그리고 황금 드래곤. 장로님은 오래전부터 널 기다리고 계셨다. 네 녀석이 불길한 징조와 함께 나타날 거라고 하셨지. 그게 이 건방진 인간 꼬마였나 보구나."

아민이 에린을 노려보며 말하자 나탄이 나섰다.

"징조가 아닙니다. 우린 경고를 드리기 위해 온 겁니다. 인간들이 공격을 준비하고 있어요. 이곳의 땅과 생명을 한꺼번에 파괴할 계획입니다. 더 늦기 전에 피해야 합니다."

"아니면 그 전에 먼저 인간을 공격하거나요."

유진이 뒤이어 말하자 아민이 쏘아붙였다.

"감히 어디서 인간 따위가 드래곤에게 조언을 하느냐! 멜린 님이 허락하시기만 했다면 이미 예전에 그러고도 남았을 것이다. 멜린 님은 인간의 흔적을 땅 위에서 완전히 지워 버릴 힘이 있으면서도 그러지 않으셨지. 이번에도 멜린 님은 너희를 해치지 말고 함께 예체르를 떠나라고 명령을 내리셨다. 그 덕분에 목숨이 붙어 있는 줄 알아라, 가소로운 것들."

그렇게 말한 아민은 갈색 드래곤 비스와 푸른 드래곤 마흐를 돌아보며 명령했다.

"너희는 이 녀석들을 데리고 이곳을 떠나라. 나도 곧 뒤따라갈 테니."

"하나 아민 님도 함께 가라는 명령이었잖습니까?"

심상치 않은 느낌을 받았는지 비스가 눈가를 찌푸리며 조심스럽게 되물었다. 아민은 불같이 화를 내며 비스에게 소리쳤다.

"나 또한 너희에게 명령을 내리는 것이다! 당장 이 애송이들과 함께 떠나라. 안 그러면 내 불길이 너희를 덮칠 것이니!"

비스가 고개를 숙이며 뒤로 물러났다. 그와 거의 동시에 화산 쪽에서 공기를 찢는 울음이 밀려왔다. 검은 그림자 하나가 분화구에서 솟아올라 구름 속을 뚫고 사라졌다. 멜린이었다. 아민이 천둥처럼 소리쳤다.

"출발해! 지금 당장!"

아민이 검푸른 날개를 펄럭이며 날아올랐다. 나탄은 얼른 다시 초록 드래곤으로 변신하며 유진을 등에 태워 올렸다. 비스와 마흐가 나탄에게 무언가 이야기하며 어디론가 날아갔다. 나탄이 에린에게 고갯짓을 하고는 그 뒤를 따랐다. 베오부스 화산으로 가는 방향이었다. 잠시 그 뒤를 따라가던 에린이 아민을 돌아보았다. 아민은 무리를 따라가지 않고 공중에 멈춰서 멜린이 사라진 구름 속을 바라보고 있었다. 에린이 방향을 돌려 그 곁으로 날아갔다.

"다른 드래곤들은 모두 떠났습니다. 아민 님도……."

"너도 얼른 따라가라. 오늘 여기서 황금 드래곤이 죽는다는 예언은 없었다."

"죽는다고요? 그럼 아민 님은……. 아니, 멜린 님은 대체 무슨 일을 하시려는 겁니까?"

"나는 멜린 님과 함께 인간이 돌칼로 짐승의 시체를 파먹던 시절부터 하늘까지 오르는 탑을 세우는 과정을 모두 지켜보았다. 멜린 님은 상상할 수도 없을 만큼 긴 시간 동안 인간이 나타나기 이전의 세상 또한 보아 오셨지. 멜린 님의 뜻을 어찌 이해하겠느냐. 그게 무엇이든 나는 오늘 여기서 멜린 님과 운명을 함께한다."

그때 멀리 하늘 꼭대기에서 은빛 화살 하나가 무서운 속도로 떨어져 내렸다. 미사일이었다. 동시에 구름에서 검은 그림자가 튀어나오며 미사일을 향해 불길을 내뿜었다. 아민이 소름 끼치는 비명과 함께 그쪽으로 날았다.

에린은 미처 움직이지도 못하고 그 광경을 지켜보았다. 움직일 시간도 없었다. 멜린이 내뿜은 불길에 휩싸인 미사일이 공중에서 폭발했다. 멜린이 방향을 꺾으며 붉은 화염을 피해 날아가는 순간 화염 속의 한 점에서 터져 나온 흰빛이 시야를 뒤덮었다. 잠시 후 몰려온 거대한 충격파가 재빨리 고개를 돌리며 눈을 감은 에린의 몸을 덮쳤다. 에린은 엄청난 기세로 땅으로 내동댕이쳐졌다.

지금까지 상상해 본 적도 없을 만큼 강한 충격이었다. 에린이 부딪힌 땅이 둥글게 파였다. 에린은 욱신거리는 몸을 겨우 일으켰다. 소리가 들리지 않았다. 소리를 전부 지워 낸 것처럼 고요했다. 예체르 화산이 있던 곳에는 화산 대신 거대한 버섯 모양의 구름이 피어올랐다. 주변은 이미 불바다였다. 불길을 피해 도망다니는 짐승이 보이지 않았다. 에린은 단 하나의 생명도 남아 있지 않다는 걸 깨달았다.

에린은 온 힘을 다해 하늘로 날아올랐다. 폭발로 인해 화산 전체가 통째로 무너지고 불길에 휩싸인 모습을 내려다보았다. 쓰러진 나무들이 폭발 지점을 중심으로 사방으로 뻗어 나가는 원을 그리고 있었다. 그 원 내부에 있는 모든 생명이 사라졌다. 너무도 비현실적인 광경에 에린은 몸을 떨었다. 이건 보통 미사일이 아니었다. 나탄이 말한 핵미사일은 이런 무기였다.

에린은 아민이 날아갔던 방향을 되짚어 가며 주변을 살펴보았다. 여기저기 널브러져 있는 돌무더기와 바위 파편 사이에 쓰러져 있는 검푸른 드래곤이 보였다. 아민이었다. 가까이 다가간 에린은 다시 한번 충격을 받았다. 아민의 비늘은 여기저기 떨어져 나가 흉하게 살을 드러내고 있었다. 한쪽 날개가 꺾인 데다가 끝부분은 처참하게 찢어졌다. 그리고 아민의 왼쪽 눈에는 날카로운 쇳조각 하나가 깊숙이 박혀 있었다. 인간이 만든 무기의 힘은 이미 통제할 수 있는 선을 넘었다. 드래곤의 비늘로도 막아 낼 수 없었다.

"아민 님!"

에린이 소리치며 다가가자 정신을 차린 아민이 힘겹게 몸을 일으켰다. 자신의 상태를 본 아민이 분노하며 포효하자 온몸이 붉게 달아오르고 눈에 박혔던 쇳조각도 녹아내렸다. 하지만 쇳조각이 꽂혔던 자리는 아물지 않았다.

인간이 만든 미사일의 파괴력은 그걸로 끝나지 않았다. 버섯 모양의 구름이 사라지자 하늘에서 검은 비가 쏟아져 내리기 시작했다. 핵미사일이 폭발한 곳에서 떨어져 있던 동물들도 화산 일대에 쏟아진 검은 비를 맞고는 며칠 동안 피를 토하며 죽어 갔다. 어떤 생명도 검은 재가 덮인 땅에서 자라나지 못했다. 화산이 있던 자리 전체가 그렇게 죽음의 땅이 되었다. 그 어떤 드래곤의 불길도 그런 죽음을 만들어 낼 수는 없었다.

무너져 내린 화산을 샅샅이 뒤졌지만 멜린은 보이지 않았다. 찾아낸 거라고는 모든 빛을 빨아들일 것처럼 검은 비늘 몇 개가 전부였다. 아민은 침통한 표정으로 비늘을 모아 자신의 불로 태웠다. 비늘에서는 아무것도 흘러나오지 않았다.

유진과의 작별

　에린은 상처 입은 아민과 함께 베오부스 화산으로 돌아왔다. 먼저 도착한 비스와 마흐는 화산 중심부에서 아민을 기다리고 있었다. 나탄의 모습은 보이지 않았다.
　인간으로 변한 비스는 나무뿌리처럼 뒤엉킨 갈색 머리카락을 허리까지 늘어뜨린 건장한 모습이었다. 옅은 물빛의 날렵한 모습이었던 마흐는 인간으로 변했을 때도 마찬가지로 아름다웠다. 아민은 흰색이 군데군데 섞여 있는 검푸른 긴 머리카락을 뒤로 묶어 늘어뜨린 인간의 모습으로 레온에게 다가갔다. 아민의 왼쪽 눈은 커다란 흉터로 뒤덮여 있었다. 그 흉터가 아민의 모습

에 소름 끼치는 위압감을 더했다.

"아민이라고 합니다."

모습과 달리 레온에게 인사하는 목소리는 공손했다.

레온이 물었다.

"멜린의 시신은 수습하였는가?"

"흩어진 비늘 조각 몇 개를 찾은 게 전부였습니다. 제불로 장례를 치렀으나 정수는 나오지 않았습니다."

아민이 담담한 목소리로 대답하자 비스와 마흐는 침울한 표정으로 고개를 숙였다. 레온이 가늘게 눈을 감으며 대답했다.

"그리하였으면 되었다. 긴 세월을 살아가는 동안 멜린의 정수는 이미 소진되었을 것이니 그 점을 아쉬워할 필요는 없다."

"그렇게 말씀해 주셔서 감사합니다."

아민은 예체르 화산에서 있었던 일을 설명했다. 목소리는 차분했지만 그 안에는 서늘하고도 깊은 분노가 서려 있었다. 설명을 마친 아민이 이렇게 덧붙였다.

"인간들은 이미 한계를 넘었습니다. 인간이 존재하는 한 이 세상에는 다른 생명이 살아갈 수 없습니다. 모든 인간은 사라져야 합니다. 하나도 빠짐없이."

작게 한숨을 내쉰 레온은 그 말에는 대답하지 않았다. 그 대신 아민의 모습을 살피며 물었다.

"자네도 그 비를 맞았는가? 피를 토하지는 않았고?"

"검은 비는 드래곤에게는 해를 끼치지 못했습니다. 그 폭발에서 살아남은 건 드래곤이 유일합니다."

"그래. 그건 다행이군. 그런데 아민. 멜린이 왜 자네들과 함께 폭발을 피하지 않았는지 알겠는가?"

레온이 물었다. 아민은 고개를 푹 숙인 채 말이 없었다. 에린도 이해가 가지 않았다. 드래곤이 일부러 죽음을 택한다는 건 있을 수 없는 일이다. 멜린이 페르처럼 인간에게 매혹되었을 리도 없었다. 아민 역시 그 뜻은 이해할 수 없다고 했다. 레온이 말했다.

"멜린은 너무 오래 살았네. 그렇게 오래 살아온 드래곤이 새로운 세상에서 새로운 방식으로 살아가기를 거부했다고 해서 원망할 수는 없겠지. 그 짐을 내게 떠넘긴 건 괘씸하지만 말일세. 어쨌든 멜린보다는 내가 더 오래 살지 않나."

"송구합니다."

"자네의 상처는 치유되지 않을 것이네."

"치유를 바라고 이곳에 온 건 아닙니다. 저는 희망을 바라고 왔습니다."

"복수를 말하는 것인가?"

아민이 고개를 들어 하나 남은 눈으로 레온을 바라보았다. 아민의 목소리는 떨렸지만 말투는 단호했다.

"복수의 마음은 접겠습니다. 드래곤은 모든 생명의 지배자이자 수호자입니다. 인간으로부터 이 세상을 구할 희망이 있겠습니까?"

레온은 고개를 저었다.

"이제는 그 무엇도 인간을 막을 수 없네. 심지어 인간 자신도 그럴 것이야. 하지만 기억하게. 멸망한 세상에서도 생명의 싹은 피어난다네. 생명의 지배자이자 수호자라고 했지? 드래곤의 역할은 아직 끝나지 않았다네. 언제나 희망은 있는 법이지. 나를 믿고 따를

수 있겠는가?"

"물론입니다. 희망이 있다면."

"내 방식은 멜린의 방식과는 다르다네. 자네들과는 맞지 않을지도 모르지."

"떠나야 한다고 생각된다면 떠날 것입니다."

"하하하, 그렇지. 그게 드래곤이지. 피곤할 테니 용암에 몸을 담가 쉬도록 해. 치유할 수는 없어도 고통은 줄일 수 있을 테니."

그렇게 말한 레온은 에린을 바라보며 고개를 끄덕였다. 이제 물러나도 된다는 뜻이었다. 에린은 기다렸다는 듯이 얼른 동굴을 빠져나왔다. 한 가지는 확실했다.

이제 유진은 더 이상 이곳에 있을 수 없다.

그 점은 나탄도 이미 눈치챈 모양이었다. 동굴을 빠져나온 에린을 나탄이 기다리고 있었다. 드래곤의 모습으로 변한 나탄의 등에 유진이 타고 있었다.

"유진이 인사하고 싶다고 해서."

"지금 그럴 때가 아니야. 다른 드래곤에게 들키기 전에 빨리 여기를 떠나야 해."

"그래도 인사는 해야죠. 친구잖아요."

유진이 에린을 바라보며 환하게 웃었다. 에린의 가슴에서 무언가가 울컥했다.

'그렇구나. 이도도 이렇게 마지막 인사를 하고 싶었던 거구나.'

하지만 지금은 그런 감상에 빠져 있을 때가 아니었다. 에린은 서둘러 물었다.

"어디로 갈 거야?"

"차모르가 정말로 예체르 화산에 핵미사일을 떨어뜨렸어요. 다음은 어디겠어요? 에른켈의 대통령을 만날 거예요. 드래곤이 차모르를 막을 수 없다면 인간이라도 설득해 봐야죠."

"에른켈이 무슨 힘이 있어서 차모르를 막아? 아니, 그보다 대통령이 너 같은 꼬마를 만나 줄 것 같아?"

유진은 대답 대신 나탄을 바라보았다. 나탄이 고개를 끄덕이며 말했다.

"내가 드래곤의 모습으로 같이 갈 거야. 적어도 드래곤은 만나 주겠지."

"인간을 어떻게 믿고! 장로님께 허락은 받았어?"

"이게 내 선택이야, 에린. 언젠가는 너도 너의 선택을

해야 할 거야."

　나탄의 목소리는 단호했다. 드래곤은 누구나 스스로 선택할 자유가 있다. 그럼에도 지금껏 그 누구도 레온의 명령을 거스르지 않았다. 레온의 지혜를 넘어설 자신이 없었기 때문이었다. 나탄은 레온보다 더 나은 선택을 할 자신이 있는 걸까. 나탄뿐이 아니었다. 이제 고작 열두 살인 유진도 서슴없이 자신의 선택을 했다. 아무 말도 하지 못하고 있는 에린을 보며 유진이 나탄의 목을 단단히 끌어안았다.

　"그거 아세요? 전 드래곤이 이렇게 따뜻한 줄 몰랐어요. 차가울 거라고 생각했는데."

　"불을 먹고 뿜는 드래곤이야. 차가울 리 없잖아."

　"그렇겠네요. 고마워요."

　"가, 이제."

　더 시간을 끌면 위험했다. 에린이 손짓하자 나탄은 초록색 날개를 펄럭이며 하늘로 솟아올랐다. 유진이 에린에게 손을 흔들었다. 나탄은 서서히 속도를 높이며 동쪽 지평선을 향해 멀어져 갔다.

8

인간을
이길 수 없다면

예체르 화산에서 벌어진 참사에 경악한 건 드래곤만
이 아니었다. 전 세계가 참혹한 짓을 저지른 차모르를
비난했다. 검은 비에 섞여 내린 방사선 물질은 차모르
의 영토인 예체르 화산뿐 아니라 바람을 타고 날아가
주변국까지 퍼졌다. 피해를 본 나라들이 들고일어난 건
당연했다. 심지어 핵미사일을 떨어뜨린 차모르마저 그
위력에 당황했다. 그럴수록 차모르는 드래곤이 인간에
게 얼마나 큰 위협인지를 강조하며 어쩔 수 없는 선택
이었다고 변명했다.

하지만 다른 한편에서는 더 많은 핵미사일을 보유하

기 위한 비밀 경쟁이 시작되었다. 차모르와 아란티스는 핵미사일을 만들고 적의 영토에 쏘아 보낼 수 있는 비밀 기지를 설치하는 데 천문학적인 돈을 쏟아부었다. 채 일 년도 지나지 않아 인간은 핵미사일 수만 개를 세계 곳곳에 배치했다. 인간을 수십 번은 멸망시키고도 남을 양이었다. 그러면서 그런 핵미사일이 오히려 전쟁을 막아 준다고 선전했다.

완전히 틀린 말은 아니었다. 어떤 식으로든 핵전쟁이 일어나면 인류의 문명은 분명히 끝이 나고 말 테니까. 강대국인 차모르와 아란티스는 서로에게 핵미사일을 겨누고 있었다. 차모르는 예전처럼 아무런 명분 없이 막무가내로 주변국을 침공할 수 없었다. 베오부스 화산에 핵미사일을 떨어뜨리는 건 더더욱 안 될 일이었다.

유진과 함께 떠난 나탄은 돌아오지 않았다. 에른켈이 두 강대국 사이에서 살아남는 데 그 둘이 어떤 역할을 했는지는 확실하지 않았다. 다만 드래곤이 나타나 에른켈을 돕기 시작했다는 소문이 돌았다. 차모르는 즉각 반발했다. 에른켈은 드래곤을 통제할 수 없으며 베오부스 화산에 모여 있는 드래곤들이 언제 다시 인간이 일

구어 놓은 터전을 불바다로 만들지 모른다며 불안감을 조성했다.

베오부스 화산을 둘러싼 상황이 하루가 다르게 뒤바뀌는데도 레온은 어떤 명령도 없이 조용했다. 아직은 기다릴 때라는 게 레온의 선택이었다.

더는 참기 힘들었는지 리제가 불만을 터뜨렸다.

"계속 이렇게 있을 수는 없습니다. 언제 인간들이 이곳에도 핵미사일을 떨어뜨릴지 모르는 일 아닙니까? 차라리 선제공격하는 편이 승산이 높지 않겠습니까?"

그렇게 말하는 리제의 붉은 비늘이 부르르 떨렸다. 핵미사일이라는 말이 나오자 아민은 송곳니를 세우며 고개를 떨궜다.

레온이 아민에게 물었다.

"어떻게 생각하나? 핵미사일만 아니라면 인간과의 전투에서 승산이 있겠는가?"

"안타깝지만 없습니다. 차모르의 공격을 막아 낸 건 오로지 멜린 님 덕분이었습니다. 저는 고작 인간의 전투기 한 대도 상대할 수 없

었습니다."

아민이 그렇게 말하자 리제도 더 목소리를 높이지 못했다. 레온은 그럴 줄 알았다는 듯이 가만히 눈을 감으며 말했다.

"인간들을 자극해 봐야 소용없다. 우리가 무슨 짓을 하면 그것이야말로 공격할 빌미를 주는 셈이겠지."

"계획이 있으신 겁니까?"

아민이 낮은 목소리로 물었다. 레온은 고개를 저었다.

"지금으로서는 때를 기다리는 수밖에 없네."

"어떤 때를 기다리시는 겁니까?"

"때가 오기 전에는 알 수 없는 법이지."

아민은 더 캐묻지 않았다. 수긍하는 표정은 아니었다. 인간에 대한 원한은 아민 역시 리제 못지않았다. 다만 뾰족한 수가 없을 뿐이었다.

그때 동굴 입구 쪽에서 나탄의 목소리가 들렸다.

"방법은 하나밖에 없습니다."

모든 드래곤의 시선이 나탄에게 집중됐다. 동굴 안으로 걸어 들어오는 나탄은 당연하게도 인간의 모습을 하고 있었다. 언제나 장난스러웠던 표정이 전에 없이 진

지했다. 에린은 당장 뛰어가서 반기고 싶은 마음을 겨우 참았다.

"드래곤의 모습을 포기해야 합니다."

"무슨 말도 안 되는 소리를! 인간에게 고개를 숙인 주제에 무슨 배짱으로 여기에 다시 왔느냐!"

리제가 버럭 화를 냈지만 나탄은 굴하지 않고 주장을 이어 갔다.

"이미 인간이 지배하고 있는 세상에서 드래곤이 살아 남기 위해서는 인간과 공존해야 합니다. 그러려면 먼저 인간에게 위협적인 이 모습을 포기해야겠지요. 순식간에 자신과 주변 사람들을 불태워 죽일 수 있는 드래곤을 누가 옆에 두고 싶겠습니까? 그렇게 인간들을 해치고 하늘로 날아가 버리면 그만인 드래곤을 믿을 수 있겠습니까? 인간과 공존하기 위해서는 날개와 불을 포기해야 합니다."

뜨거운 숨을 내뿜은 리제보다 마흐가 먼저 앞으로 나섰다. 예체르에서 온 세 드래곤 중에서는 마흐가 그나마 인간에 대한 적개심이 덜했다. 마흐 역시 나탄과 에린만큼이나 어린 드래곤이었다.

"드래곤의 모습을 포기하는 게 가능한가요? 우리가 드래곤으로 변신하지 않겠다고 약속한다고 해서 인간이 그 말을 믿어 줄까요?"

"변신을 막는 보호 장구 같은 걸 착용하는 방법도 있겠죠. 인간일 때의 크기가 훨씬 작으니까. 무언가를 차고 있으면 드래곤이 될 때 부서질 테니까요."

드래곤이 인간으로 변신할 때는 알몸이 아니라 옷을 입은 모습으로 변한다. 인간의 몸 위에 걸치고 있는 옷도 드래곤의 비늘이 변한 몸인 셈이다. 그 위에 다른 옷을 더 입는다면 그 옷은 드래곤으로 변할 때 찢어질 수밖에 없다.

마흐가 눈살을 찌푸리며 말했다.

"말하자면 족쇄를 차겠다는 거군요."

"필요하다면요."

"감히 어디서! 네가 그러고도 드래곤이라 할 수 있느냐!"

당장이라도 불을 내뿜을 것처럼 으르렁거리는 리제를 레온이 눈빛으로 막았다.

마흐가 차분한 목소리로 다시 물었다.

"좋아요. 인간의 모습을 유지한다고 쳐요. 그렇다고 인간들이 우리를 동료로 받아 줄까요? 우린 여전히 불에 타지 않고 몸은 강철보다 단단한 데다가 엄청나게 천천히 늙고 병에 걸리지도 않죠. 기억력은 물론 감각과 반사 신경도 인간보다 훨씬 뛰어나요. 이런 존재가 자신과 함께 살아간다는 걸 인간들이 과연 참을 수 있을까요?"

이번에는 나탄도 쉽게 대답하지 못했다. 에린의 생각도 마흐와 같았다. 인류 전체보다는 약해도 드래곤은 여전히 하나의 인간보다는 압도적으로 뛰어났다. 그런 드래곤을 인간이 마음 편하게 곁에 두기는 힘들었다.

"그들의 마음에 들어야겠죠. 사랑받아야 하고 믿음을 주어야 합니다. 아주 오랜 시간이 걸릴지도 모르겠지만 그래야 해요. 그때까지는 우리를 통제할 권리를 인간이 쥘 수 있도록 해야겠죠. 어떤 방식으로든."

참지 못한 리제가 목소리를 높이고 다른 드래곤들도 저마다 의견을 떠드는 탓에 동굴 안은 아수라장이 되었다. 아무 말도 하지 않는 건 레온이 유일했다. 떠들던 드래곤들이 레온의 침묵에 어색함을 느끼고 하나둘 목소리를 낮췄다. 마침내 레온이 입을 열었다.

"드래곤은 인간을 믿지 않는다. 드래곤은 오직 관찰하고 이해하고 장악하며 지배한다. 그게 이익이 된다고 판단하면 인간과 손을 잡을 수도 있겠지. 하지만 대책 없이 인간을 믿는 건 방법이 될 수 없다."

그렇게 말한 레온이 에린을 돌아보며 물었다.

"네 생각은 어떠한가, 에린?"

갑작스러운 질문에 당황한 에린은 순간 말문이 막혔다. 겨우 생각을 다듬은 에린이 최선을 다해 대답했다.

"어……. 저는…… 이제 인간이 드래곤보다 강하다는 사실은 인정해야 한다고 생각합니다. 다만 인간의 강함에는 드래곤이 그대로 배울 수 없는 점이 존재합니다. 따라서 섣불리 인간과 섞이기 전에 먼저 인간을 더 이해해야 하지 않겠습니까."

"그게 황금 드래곤의 선택이군."

아민이 비꼬는 투로 말했다. 레온이 몸을 일으키며 선언했다.

"이미 말했듯 기다리는 게 나의 선택이다. 너희도 너희의 선택을 해라."

리제가 불편한 듯 헛기침을 하며 나탄을 노려보았다. 그래도 나탄은 기죽지 않고 짧은 초록색 머리카락을 쓸어 올리며 뒤로 물러났다. 나탄을 붙잡는 드래곤은 없었다. 에린은 슬그머니 인간의 모습으로 줄어들어 나탄을 따라갔다. 예상대로 나탄은 분화구 위에서 기다리고 있었다.

"어이, 황금 드래곤. 여기야."

"뭐야, 진짜. 갑자기 나타나서는."

"갑자기라니? 내가 오는 거 몰랐어?"

그렇게 말하는 나탄의 팔에는 여전히 황금빛 매듭이 걸려 있었다. 에린이 잘라 낸 머리카락으로 만든 팔찌였다. 여전히 에린의 몸 일부이기도 했다. 에린은 그 팔찌와 팔찌를 지닌 나탄이 어디에 있는지 느낄 수 있었다. 당연히 나탄이 오고 있다는 것도 알았다.

에린이 물었다.

"유진은?"

"훈련 중이야. 파일럿이 되겠대."

"파일럿? 전투기를 조종하는?"

"응. 벌써 시험은 다 통과했어. 하늘을 나는 걸 전혀 무서워하지 않으니까. 그거 알아? 유진이 전투기에 타면 우리보다 세지는 거야."

　나탄과 유진은 에른켈 대통령의 신임을 단단히 받고 있었다. 예로부터 에른켈의 국왕은 언제나 드래곤에게 호의적이었다. 지푸라기라도 잡아야 하는 약소국 에른켈의 입장에서는 자신의 영토 내에 사는 드래곤에게 희망을 걸 수밖에 없기도 했다.

　"다시 떠날 거야? 이제 드래곤이 아니라 인간과 함께 살려고?"

　나탄은 대답 대신 초록 드래곤으로 변신해 날개를 펄럭였다. 하늘로 날아오르기 전에 나탄이 에린에게 조용히 속삭였다.

　"내가 무슨 선택을 하든 너는 내 편이 되어 줄 거야, 그렇지?"

뜻밖의 재회

"공격입니다! 전투기가 몰려오고 있습니다!"

화산 주변을 순찰하던 비스가 급히 달려들어 오며 외쳤다. 조짐은 이전부터 있었다. 차모르를 비롯한 강대국들은 에른켈과 베오부스 화산에 숨어 있는 드래곤의 관계를 불편하게 여겼다. 급기야 얼마 전에는 국제 연합이 드래곤 보호 조약을 발표했다. 보호라는 이름이 붙었지만 결국 목적은 통제였다. 에른켈이 아닌 국제 연합이 드래곤을 관리해야 멸종을 막고 인간에게 유익하게 활용할 수 있다는 논리였다. 숲의 경계에 군대가 배치되고 무인 정찰기가 화산 주변을 나는 모습이 자주 눈에 띄었다.

리제가 레온에게 따지듯이 외쳤다.

"장로님! 이제 어떻게 하실 겁니까! 아직도 때가 아닙니까? 여전히 기다리고만 계실 겁니까?"

"상황은 아무것도 바뀐 게 없네. 그러니 내 선택도 마찬가지고."

"그럼 저도 저의 선택을 하겠습니다!"

리제가 그렇게 말하며 분화구를 향해 달려갔다. 아민 역시 레온을 향해 고개 숙이고는 바로 따라 나갔다. 에린도 다른 드래곤과 함께 그 뒤를 따랐다.

지평선 저 멀리 화산을 향해 날아오는 전투기가 보였다. 드래곤의 예리한 시력으로도 겨우 보일 정도로 먼 거리였다. 유일한 무기인 불을 쓰려면 전투기에 접근해야 했다. 하지만 먼저 드래곤에게 날아온 건 전투기가 아니라 전투기가 발사한 미사일이었다.

아민이 외쳤다.

"조심해! 미사일을 피해 최대한 빨리 전투기에 접근해야 한다!"

리제가 아민의 말을 무시하고 미사일을 향해 날았다.

리제의 목이 붉게 달아오르는 걸 본 아민이 외쳤다.

"불을 쏘면 안 돼! 미사일이 폭발하면……."

아민의 말이 끝나기도 전에 리제는 정면으로 날아오는 미사일에 불길을 내뿜었다. 폭발은 일어나지 않았다. 미사일이 녹아내리는 걸 본 리제가 유황 섞인 비명을 내지르며 그대로 전투기를 향해 돌진했다. 미사일에 불길을 내뿜는 대신 옆으로 피하려는 비스의 시도는 실패였다. 드래곤의 체온을 추적할 수 있는 미사일은 방향을 바꾸며 그대로 비스의 옆구리에 꽂혔다. 그런데 이번에도 폭발은 일어나지 않았다. 쇳덩이에 얻어맞은 충격에 중심을 잃은 비스는 급히 날개를 펄럭여 겨우 추락을 면했다.

마흐가 외쳤다.

"미사일이 폭발하지 않아요. 어떻게 된 거죠?"

"생포하려는 거겠지. 그렇다면 승산이 있다. 전원 전투기를 향해 돌격!"

아민의 명령과 함께 모든 드래곤이 전투기를 향해 돌격했다. 가장 앞서 있던 리제가 한껏 머금었던 불을 내뿜었다. 그 직전에 방향을 튼 전투기는 사정거리 밖에서

리제의 불길을 여유 있게 피하며 뒤쫓아 오던 드래곤들의 사이로 파고들었다. 불길을 내뿜으려던 비스가 반대쪽에 있는 마흐를 보며 멈칫했다.

아민이 외쳤다.

"조심해! 다른 드래곤에게 불길이 닿으면 안 된다! 흩어져서 일대일로 전투기를 상대한다!"

금방 뒤따라온 다른 전투기들이 드래곤들을 싸고돌며 공중에서 전투기와 드래곤이 정신없이 뒤섞였다. 드래곤보다 속도도 빠르고 방향도 잘 바꾸는 전투기들은 위아래로 넘나들며 드래곤을 농락했다. 가끔 기관총을 쏘며 위협하기도 했다. 스쳐 지나가는 탄환에 비껴 맞은 마흐가 신음을 흘리며 땅을 향해 내려갔다.

에린이 쫓아오며 외쳤다.

"마흐! 괜찮아요?"

"괜찮아요. 그보다 도저히 접근을 못 하겠네요. 예체르 화산에서 싸울 때하곤 달라요. 드래곤의 능력에 대해 훨씬 정확히 파악하고 있는 것 같아요."

"그럴지도요. 저건 에른켈의 전투기예요."

"확실해요? 그럼 혹시……."

"나탄이 알려 줬겠죠."

"나탄이⋯⋯. 그럴 수도 있겠군요. 하지만 에른켈이
왜? 드래곤을 생포하려는 건 국제 연합의 계획 아니었
나요? 에른켈은 반대한 걸로 알고 있는데."

"글쎄요. 나탄이 우리를 해코지하진 않을 거라고 믿
지만."

에린은 그렇게 말하며 리제와 아민 그리고 비스의 주
변을 빙빙 돌고 있는 전투기들을 바라보았다. 확실히
공격할 생각은 없어 보였다.

"이건 마치 우리와 싸우지 않으려는 걸로 보이는데,
그렇다면⋯⋯."

에린이 급히 분화구 쪽으로 몸을 돌렸다. 검은 연기가
솟아오르는 분화구 위에 인간의 헬리콥터 세 대가 떠
있었다. 용암의 열기를 막는 방염복을 입은 병사들이
기다란 줄에 매달려 분화구 속으로 내려가고 있었다.
레온의 동굴로 통하는 길이었다.

"장로님! 장로님을 노리는 거예요!"

분화구를 향해 속력을 높이는 에린의 뒤를 마흐가 따
랐다. 에린을 쫓아오려던 리제와 아민은 전투기에서 쏜

아지는 기관총 세례를 피해 몸을 돌려야 했다. 돌진하는 에린을 향해 헬리콥터에서도 사격이 쏟아졌다. 에린은 나선 모양으로 몸을 돌리며 쏟아지는 탄환을 가까스로 비껴갔다. 날개를 스친 탄환에 에린의 황금빛 비늘 하나가 떨어져 나갔다. 인간들이 쏘아 대는 탄환은 드래곤이 막아 낼 수 있던 예전의 탄환이 아니었다.

예체르에 핵미사일을 떨어뜨리고 불과 일 년이 지난 지금 인간은 훨씬 더 강해졌다. 드래곤이 인간을 이해하지 못하고 머뭇거리는 사이 인간은 드래곤의 능력과 성향을 깊이 이해하고 그에 대응할 전술을 개발했다. 나탄의 도움이 아니었더라도 인간의 힘이 드래곤을 압도하는 건 시간문제였다.

레온은 기다리기를 선택했지만 시간은 드래곤의 편이 아니었다. 드래곤이 아직 멸종하지 않은 건 그저 인간이 서로 싸우느라 바빴기 때문인지도 모른다. 하루라도 빨리 인간과 손잡아야 한다는 나탄의 선택이 옳았다. 드래곤이 택할 수 있는 유일한 길은 무조건 항복이었다.

레온의 동굴에는 이미 인간 병사들이 진을 치고 있었
다. 인간의 모습으로 변해 동굴에 들어선 에린에게 병
사들의 총구가 집중되었다. 병사 하나가 외쳤다.

"우라늄을 채운 탄환이다! 드래곤의 비늘 정도는 충
분히 꿰뚫을 수 있지. 원한다면 시범을 보여 주겠다!"

"생포하러 온 걸 알고 있다. 피차 귀찮은 짓은 하지

말지?”

　에린이 맞받았다. 이제 힘으로는 인간에게 대항할 수
없어도 아직 드래곤에게는 상황을 예측할 수 있는 지혜
가 있었다. 그리고 그런 지혜를 내보일 당당함도 잃지
않았다. 총구 따위는 개의치 않는다는 듯이 동굴 중앙을

향해 걸어가는 에린을 보며 병사들도 위협을 거두었다.

동굴 안쪽에는 레온이 앉아 있었다. 백발을 늘어뜨린 인간의 모습이었다. 그 옆에는 나탄이 서 있었다. 에린이 우려한 대로였다. 드래곤들을 유인해 내고 레온의 동굴로 바로 침투한 건 나탄의 도움이 없다면 불가능했다. 나탄은 결국 드래곤을 인간의 손에 넘겨주었다. 그게 나탄의 선택이었다.

에린을 따라 나머지 세 드래곤도 인간의 모습으로 동굴에 들어왔다. 가벼운 타박상 외에 다친 곳은 없어 보였다. 리제가 나탄을 무서운 얼굴로 노려보았다. 레온이 없었다면 당장이라도 나탄에게 불길을 쏟아 낼 기세였다. 드래곤들이 모두 들어온 것을 확인하고는 인간 하나가 레온 앞으로 나아갔다. 덩치가 유난히 작았다. 인간은 얼굴을 덮은 방염복을 벗고는 허리를 숙여 레온에게 인사했다.

"예의를 갖추지 못해 죄송합니다. 이유는 이해하시리라 믿습니다."

"항복을 받으러 온 자가 군이 예의까지 갖출 필요가 있겠는가?"

"저는 항복을 받으러 여기에 온 게 아닙니다. 협상을 하러 온 겁니다."

아이의 목소리였다. 아이지만 당당하고 거침없는 말투. 목소리만 들어도 에린은 그 아이가 누군지 알 수 있었다. 고개를 돌려 동굴의 중앙에 늘어선 드래곤들을 바라보던 인간의 눈이 에린과 마주쳤다.

"유진?"

"에린. 오랜만이네요."

제131 드래곤
비행대대

"저는 에른켈군을 대표해 이곳에 왔습니다. 신참 파일럿에 불과하지만 이 협상에서만큼은 제가 모든 권한을 맡게 되었습니다. 믿어 주셔도 좋습니다."

"어른이나 아이나 내겐 똑같은 인간이네. 계속하게."

레온은 갑자기 쳐들어온 인간과 유진의 등장이 전혀 놀랍지 않은 모양이었다. 언제나처럼 평온한 표정을 짓고 있는 레온에게 가볍게 고개를 숙이고는 유진이 말을 이었다.

"국제 연합에서 드래곤 보호 조약을 통과시킨 사실은 알고 계실 겁니다. 에른켈은 반대했어요. 우리는 드래곤을 외국의 손에 넘겨줄 수 없었습니다. 여러분을 설득할 시간은 부족했지만 다행히 우리의 입장을 이해해 주는 드래곤이 하나 있었죠. 이렇게 강제로 협상에 끌어낸 점은 죄송합니다. 다만 지금부터는 공정한 협상입니다. 우리의 제안을 거부하신다면 조건 없이 철수하겠습니다."

"저 총구들부터 치우고 그런 말을 해야 하지 않나?"

아민이 쏘아붙이자 유진이 옅은 미소를 띠우며 대답했다.

"아쉽게도 모든 인간이 저처럼 드래곤을 믿지는 못합니다. 병사들의 마음을 안심시키는 용도라고 생각하시죠. 그리고 여러분이 두려워해야 하는 건 저 총구가 아닙니다. 협상이 결렬되고 철수하게 되면 그다음에 벌어질 일이죠. 국제 연합은 우리처럼 조심스럽게 작전을 진행하지 않을 겁니다. 드래곤 일곱 중 최소한 셋을 확보하는 게 작전 지침이라고 들었습니다. 넷까지는 희생할 수 있다는 뜻이죠."

"우리가 항복한다면 희생할 필요가 없겠지. 자네들의 조건이 국제 연합보다 나은 점은 뭔가?"

레온이 말했다. 레온은 유진이 제시할 조건을 이미 다 알고 있는지도 모른다. 어쩌면 유진이 나탄과 협력하여 이곳을 습격할 거라는 사실도, 에린과 나탄이 숨겨 줬던 유진이 에른켈군의 파일럿이 되어 오늘 다시 이곳을 찾아올 거라는 사실도, 전부 알고 있었을지도 모른다고 에린은 생각했다.

"첫째, 우리는 드래곤에게 족쇄를 채우지 않을 겁니다. 드래곤으로 변신하는 게 필요하기 때문입니다. 둘째, 우리는 드래곤이 일반인과 접촉하는 것을 철저하게 금지할 겁니다. 연구원들도 포함입니다. 드래곤을 이용해 온갖 실험을 진행하지 않을 거란 뜻이죠. 셋째, 여러분은 베오부스 화산을 떠나지 않아도 됩니다. 우리는 드래곤이 에른켈 영토 밖으로 나가는 걸 원치 않으니까요."

"좋은 조건이군. 그런데 그걸 어떻게 보장할 셈인가? 오늘 이 작전 역시 국제 연합에 허가받지는 않았을 텐데. 차모르와 아란티스를 동시에 상대하기에는 에른켈의 국력이 좀 약하지 않나?"

"베오부스 화산은 에른켈의 영토입니다. 자국 내에서 진행하는 작전에 국제 연합의 허가가 필요하진 않죠.

그리고 제 제안을 받아들인다면 다른 나라가 드래곤을 건드리기는 곤란해질 겁니다. 드래곤을 에른켈의 영토 밖으로 데려가는 건 곧 에른켈과의 전쟁을 의미할 테니까요."

"에른켈의 군대로 드래곤을 지켜 주겠다는 뜻인가?"

"아닙니다. 드래곤이 에른켈의 군대가 되어 달라는 뜻입니다. 에른켈 공군에 편입을 제안합니다. '제131 드래곤 비행대대'로."

"뭐라고? 지금 우리보고 인간의 명령을 받으라는 말이냐! 인간의 군대가 되어 인간을 위해 싸우라고?"

리제가 외쳤다. 유진이 리제를 돌아보았다. 에린을 바라볼 때와는 달리 단호한 표정이었다. 에린은 그 표정에서 레온과 다를 바 없는 위엄을 느꼈다. 심지어 리제도 조금 당황한 듯했다. 유진이 말했다.

"여러분이 인간과 싸울 일은 없습니다. 우리는 드래곤에게 전투력을 기대하지 않습니다. 현대전에서 드래곤은 무기로써의 가치가 없습니다. 아마 오늘 그 점은 충분히 파악하셨으리라 생각합니다. 드래곤은 지혜롭다고 들었으니까요."

리제의 얼굴이 타오를 듯 붉어졌지만 유진에게 반박하지는 못했다. 에린이 보기에도 유진의 판단은 얄미울 정도로 정확했다. 레온은 여전히 차분한 목소리로 유진에게 물었다.

"무기로써 쓸모가 없는 부대를 편성하려는 이유는?"

"사람들은 드래곤이 인간의 명령에 따르지 않을 거라고 믿고 있습니다. 그래서 보호 조약 같은 걸 만들어 강제로 포획하려는 거죠. 에른켈은 오래전부터 드래곤을 숭배해 왔고, 드래곤은 에른켈을 지켜 주기도 했습니다. 드래곤이 에른켈의 군대가 되고 인간의 통제를 받게 된다면 더 이상 보호 조약 같은 걸 내세울 명분이 없어지겠죠."

"또한 그걸 할 수 있는 유일한 국가인 에른켈의 지위도 올라가겠군."

레온이 말했다. 유진은 가볍게 웃으며 대답했다.

"정확합니다. 이건 드래곤뿐 아니라 에른켈을 위한 일이기도 합니다. 그러니 우리가 이런 작전을 벌인 의도를 의심하실 필요는 없습니다."

유진은 드래곤의 사고방식을 정확히 이해하고 있었다. 드래곤은 인간의 호의를 믿지 않는다. 인간의 협박도 통하지 않는다. 다만 서로에게 이익이 되는 거래라면 충분히 납득할 수 있다. 유진은 에른켈이 얻는 이익을 더 자세히 설명했다.

"그리고 우리는 정기적으로 드래곤 대대를 출격시킬 생각입니다. 에른켈을 침략하기 위해서는 가장 먼저 드래곤과 맞서 싸워야 한다는 점을 분명히 하기 위해서입니다. 국경에서 일어난 사소한 분쟁으로 인해 멸종 위기인 드래곤이 다치는 건 아무도 원치 않을 테니까요. 마지막으로, 레온 장로님은 대대장에 임명되며 계급은 대령입니다. 군 체계상 그 이상의 계급을 드릴 수 없는 점은 이해해 주시기 바랍니다."

이제 세상의 지배자는 인간이다. 부정할 수 없는 그 사실은 군대 내의 계급으로 명백해졌다. 수억 년 동안 세상을 지배했던 드래곤의 장로 레온은 인간들의 나라중에서도 소국인 에른켈, 그 에른켈의 군대에서도 수십 명의 장군 아래 계급인 대령이 되어야 했다. 그것이 드래곤이 인간들과 함께 생존할 수 있는 유일한 방법이었다. 드래곤은 그 점을 받아들여야 했다.

"내가 바로잡아 줄 부분이 없군. 나는 이 제안을 받아들이겠네. 각자 심사숙고하여 선택하도록 하게."

레온은 그렇게 말하고는 자리에서 일어났다. 가벼운 걸음으로 항상 누워 있던 동굴 구석으로 돌아간 레온은 어느새 흰빛을 반짝이는 드래곤의 모습으로 변해 있었다. 리제를 비롯한 다른 드래곤들은 침묵으로 유진의 제안을 받아들였다. 유진 역시 만족한 표정으로 자리에서 일어났다.

"제안을 받아 주셔서 감사합니다. 베오부스 화산의 적당한 곳에 공군 기지를 건설할 계획입니다. 명령하는 시간에 출격하도록 대기해야 하는 부분을 빼고는 불편한 점 없을 겁니다. 작전에 대한 자세한 설명은 따로 준비하겠습니다. 그럼 바로 공사 시작하겠습니다. 필승."

유진이 정확한 동작으로 경례를 붙였다. 잘 보고 배워 두라는 듯이.

드래곤 비행대대의
하루

　순조롭지는 않았지만 결국 에른켈은 차모르와 아란
티스의 반발을 무마하고 드래곤을 공군에 편입시켰다.
이를 위해 드래곤은 유진의 전투기와 함께 정확한 경로
를 따라 대형을 갖춘 편대 비행을 완수해야 했다. 인간
들은 그들의 전투기 뒤를 따르며 명령에 복종하는 드래
곤을 만족스럽게 바라보았다. 에른켈 사람들의 뜨거운
환호를 받은 건 물론이다. 리제는 이게 동물원에 갇힌
것과 뭐가 다르냐며 분통을 터뜨렸다.

　유진은 약속을 지켰다. 몇 번의 편대 비행 이후 드래
곤들은 더 이상 그런 쇼를 보여 줄 필요가 없었다. 베오

부스 화산은 군사 지역으로 설정되고 일반인의 출입이 제한되었다.

대대장은 당연히 레온이었다. 아민이 1편대장이고 그 안에 비스와 미흐가 배정되었다. 리제가 편대장인 2편대에는 에린과 나탄이 들어갔다. 드래곤들은 유진과 내통한 나탄을 나무라지 않았다. 그 상황에서 최선의 선택이었다는 점을 인정했다. 드래곤이라면 그 정도의 지혜는 있었다. 다만 나탄이 드래곤으로서의 자긍심을 어떻게 그렇게 쉽게 포기할 수 있었는지 놀라워하고 한편으로는 불편해했다. 인간에 대한 적개심이 적은 마흐마저도 그 점은 이해가 가지 않는 모양이었다.

드래곤과 협상하기 이전에, 유진은 에른켈 측에 자신을 통해서만 드래곤을 만날 수 있다는 조건을 걸었다. 유진을 전적으로 신뢰하는 에른켈의 대통령은 기꺼이 그 제안을 승인했다. 레온을 비롯한 드래곤은 인간과 만날 일이 없었다. 공군 기지가 건설되고 제131 드래곤 비행대대가 베오부스 기지로 배치된 후에야 유진은 나탄과 에린을 자신의 방으로 초대했다.

"어서 와요. 나탄, 에린. 정말 오랜만이네요."

방에서 따로 만난 유진은 군인들 앞에 있을 때와는 다른 사람 같았다. 이제야 얼굴에서 열세 살의 표정이 보였다. 에린은 유진이 보여 줬던 동작을 기억하며 정확한 동작으로 경례를 올렸다.

"필승."

"뭐야, 우리끼린데 군기 잡는 거예요?"

"편하게 불러도 돼?"

"그럼요. 그리고 계급은 에린이 더 높아요. 에린과 나탄은 대위, 난 중위. 차 한잔하실래요?"

유진이 웃으며 흰색 도자기로 만들어진 주전자와 잔 세 개를 들고 왔다. 주전자를 기울이자 뜨거운 김이 오르는 옅은 노란색 액체가 흘러나와 작은 잔을 채웠다. 은은한 풀의 향기가 모락모락 올라왔다. 인간이 대접하는 차를 마셔 본 적은 몇 번 있다. 용암을 들이마시는 드래곤에게 미지근한 차는 여러모로 어중간했다. 에린은 그래도 잔을 들어 슬쩍 차를 흘려 넣는 인간의 행동을 따라 했다. 유진이 웃는 모습을 보자 마음이 조금 편해졌다.

"나탄을 통해서 듣기는 했는데, 어쩌다 파일럿이 될

생각을 했어?"

"저도 드래곤처럼 마음껏 하늘을 날아 보고 싶어서
요. 나탄 목에 매달려 있는 것보단 훨씬 쉽던데요."

"처음부터 화산을 공격할 계획이었던 거야?"

"아뇨. 드래곤 보호 조약이 통과되고 나서 에른켈의
장군들이 모여 긴급회의를 열었어요. 제가 드래곤을 설
득할 수 있다고 우겼죠. 공중전으로 힘의 차이를 보여
주자는 건 나탄의 생각이었어요. 에린에게 알리지 않은
건 미안해요. 에린은 거짓말을 못 하니까 어쩔 수 없었
어요."

"내가 거짓말을 못 한다고?"

"표정에서 다 드러나잖아요."

유진이 말하자 나탄은 그렇다는 듯이 고개를 끄덕였
다. 에린이 어이없어하며 투덜댔다.

"참 나. 인간이 드래곤의 속을 전부 읽을 수 있다고 생
각하는 거야?"

"드래곤은 인간보다 훨씬 단순해요. 깨끗하다고 해야
할까요? 뭐랄까, 자연법칙에 가까운 것 같아요. 그에 비
하면 인간은 복잡하고 예측할 수 없고, 무엇보다 어리

석죠."

"너도 인간이면서 잘도 그런 말을 하네."

"저도 똑같아요. 아직도 복수심을 버리지 못했으니까. 그렇게 해도 부모님을 되살릴 수 없다는 걸 알면서…….그런데 이제 겨우 그 감정이 제대로 보이는 것 같아요."

그렇게 말하며 유진이 살짝 미소를 지었다. 그러고 보니 처음 만났을 때 유진이 품고 있었던 불같은 분노가 보이지 않았다. 차를 한 모금 마신 유진이 천천히 말을 이었다.

"처음에는 사랑이라고 생각했어요. 부모님에 대한 사랑이 너무 크니까 분노할 수밖에 없었던 거죠. 그런데 부모님을 사랑하는 마음으로 차모르에 복수한다는 게 좀 이상하더라고요. 그냥 내 감정인 것 같고, 부모님이 그걸 원하실 것 같지도 않고. 물론 그렇게 생각해도 분노는 조금도 사그라지지 않았죠. 그래서 결국 차모르가 무너져야 하는 이유를 다른 가치에서 찾게 됐어요. 정의나 명예 같은 거 말이에요."

"명예? 명예 같은 건 모른다며? 귀신이 되어서 차모르를 지옥으로 끌고 갈 거라더니."

"제가 그랬어요? 그런 걸 다 기억해요? 아, 에린은 드래곤이죠."

유진이 소리 내 웃었다. 유진은 드래곤을 가장 잘 이해하는 인간이었다. 그래서인지 유진에게서는 가끔 레온의 모습이 겹쳐 보이기도 했다. 수억 년을 살아온 레온과 고작 십삼 년을 산 유진이 비슷하다는 건 말이 되지 않지만 그렇게 짧은 시간 동안에도 지혜로워질 수 있는 게 인간의 특성인지도 모른다는 생각이 들었다.

"어쩌면 에린과 나탄 덕분인지도 모르겠어요. 저도 조금은 드래곤처럼 생각하는 법을 배운 거죠. 한 개인이 아니라 내가 인류 전체라면 어떤 선택을 해야 할지 가끔 생각해요. 정의나 명예 같은 건 어쩌면 그런 건지도 모르겠어요. 인류로서 인류가 쌓아 올린 힘을 어떻게 써야 할지 고민하는 일. 그 힘의 주인으로서 권력과 함께 책임을 지는 일."

에린은 유진의 말에서 이도에게 처음 명예라는 말을 들었을 때 느꼈던 감정을 다시 떠올릴 수 있었다. 어쩌면 이도와 유진은 드래곤과 조금은 비슷하게 생각하는 인간인지도 모른다. 유진은 또 이렇게 말했다.

"그리고 한 가지를 더 깨달았어요. 이건 인간으로서
의 깨달음이에요. 정의나 명예 같은 거창한 감정이 사
실은 아주 작고 개인적인 사랑에서 시작한다는 거예요.
한 사람을 구할 수 있어야 세상을 구할 수 있는 기죠. 제
가 볼 때 드래곤은 이 사랑이라는 감정을 잘 이해하지
못하더라고요. 그렇죠?"

유진의 질문에 나탄이 어깨를 으쓱하며 대답했다.

"사랑이라……. 글쎄. 뭐, 이렇게 우리가 친구인 거하
고는 다른 건가? 상대방을 위해 목숨까지 걸 수 있어야
사랑인 건가?"

사랑. 나의 일부가 밖으로 빠져나가 다른 사람의 일부
가 되는 것. 다른 사람의 일부가 내 안으로 들어와 자리
잡는 것. 그 사람이 죽고 내가 죽어도 그 일부는 계속 살
아남아 사랑하는 사람과 함께하는 것. 에린은 그 감정
을 어렴풋하게나마 이해할 수 있었다.

유진이 예고했던 대로 드래곤 비행대대에는 가끔 출

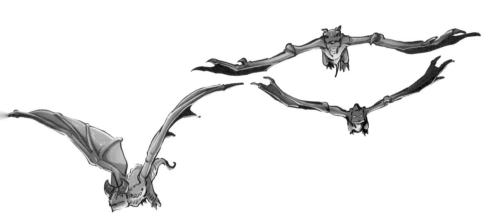

격 명령이 떨어졌다. 차모르의 전투기가 국경에 접근할 때였다. 본격적으로 싸운다면 당연히 상대가 되지 않는다. 하지만 옆에 붙어 날며 국경을 넘어오지 못하게 막는 정도라면 드래곤으로도 충분했다. 비행대대로서의 생활에 어느 정도 적응이 되고 나니 그런 경계 비행은 작전 수행이라기보다 즐거운 놀이에 가까웠다. 기지 밖으로도 못 나가고 드래곤으로 변해 마음껏 날아다니지도 못하는 상황에서는 가끔 있는 출격이 오히려 기다려질 정도였다.

"아, 지루하다. 오늘은 경보 안 떨어지나? 몸이 근질근질한데."

의자에 기대앉아 차를 마시던 나탄이 기지개를 켜며

투덜댔다. 나탄은 유진에게 받아 온 차를 틈만 나면 마셔 댔다. 에린은 영 맛이 느껴지지 않아 그만두었다. 에린은 오늘따라 경보를 기다리는 나탄을 보며 어이없어 했다.

"나탄, 네가 언제부터 그렇게 드래곤으로 변신하고 싶어 했어? 평생을 인간 모습으로 살아도 불만 없을 것 같더니."

"안에만 있으니까 답답해서 그렇지. 그러고 보니 그렇네. 드래곤으로 변신하는 대신 우리도 유진처럼 전투기를 직접 조종하는 게 훨씬 낫지 않아? 생각해 봐. 인간보다 반사 신경도 좋고 동체 시력도 훨씬 뛰어나. 산소마스크를 낄 필요도 없고 비상 탈출할 때 낙하산도 없어도 돼. 드래곤의 몸보다는 인간 형태가 훨씬 쓸모 있다고."

"드래곤 형상이 좋은 점이 하나 있지. 전투기값을 아낄 수 있으니까. 게다가 유진이 그랬잖아. 드래곤인 편이 차모르 전투기가 더 조심한다고. 다치기 쉬우니까."

"요즘엔 딱히 그런 것 같지도 않던데. 지난번 1편대가 출격했을 때 차모르 전투기가 기관총을 쏘아 댔다며.

마흐가 거의 맞을 뻔했다던데."

"안 맞힐 자신이 있으니까 쏜 거겠지. 먼저 구실만 안
주면 돼. 차모르 영공으로 들어가지만 않으면 괜찮아."

나탄의 말대로 최근 들어 차모르가 도발해 오는 횟수
가 늘어났다. 조금만 틈을 줘도 에른켈의 영공을 침범
하려 들었고 부딪힐 것처럼 방향을 틀며 드래곤의 심기
를 건드리기도 했다. 급기야 지난번에는 실제로 사격을
하기도 했다고 1편대가 보고했다. 차모르는 부인했다.
드래곤에는 비행을 기록하는 블랙박스가 실려 있지 않
으니 증명할 길은 없었다.

"비상 출격! 비상 출격!"

마침 경보가 떨어졌다. 나탄이 기다렸다는 듯 벌떡 일
어나며 에린을 재촉했다.

"얼른 가자. 요즘 리제가 갈수록 표정을 구기고 다니
던데. 늦으면 또 한 시간 동안 설교를 늘어놓을지도 몰
라. 드래곤의 위대한 역사에 대해서!"

나탄의 말대로 리제는 요즘 툭하면 옛날이야기였다.
드래곤의 영광을 이야기하며 인간에 대한 분노를 푸는
식인데, 그런 모습이 오히려 인간이 부여한 편대장이라

는 임무와 딱 맞아떨어졌다. 전투기를 넣어 둔 철제 창고에 들어선 에린과 나탄에게 아니나 다를까 이미 드래곤의 모습이 된 리제가 불호령을 내렸다.

"뭘 꾸물거리고 있는 거야! 어린것들이 정신머리가 빠져서는. 그따위니 인간들이 우리를 무서워할 리가 있나!"

제2 편대장인 리제의 계급은 소령이었다. 한때 에른켈로 쳐들어온 차모르의 대군을 혼자서 전부 불태워 버렸던 리제였다. 인간을 그토록 무시하고 미워하던 리제가 고작 소령이라는 계급장을 달고 유진의 명령을 따르고 있었다. 엉망이 된 리제의 자존심을 생각한다면 괜한 트집을 잡으며 야단치는 정도는 그냥 넘어가 줄 수 있었다.

나탄은 에린에게 윙크하며 속삭였다.

"리제 말이야, 지난번 출격 이후로 계속 저 모습으로 남아 있었던 거 아냐? 송곳니 사이로 질질 흘리면서 유황을 씹어 먹고. 잘 찾아봐. 어디 드래곤의 황금 배설물이 있을지도 모르니까."

나탄의 농담에 에린은 그만 웃음이 터져 버렸다. 세로

로 가늘어진 리제의 눈동자를 보고 황급히 웃음기를 지운 에린은 오랜만에 드래곤의 모습으로 변신하기 시작했다.

그르렁거리는 신음과 함께 에린의 부드러운 피부를 뚫고 날카롭고 단단한 황금색 비늘이 돋아났다. 웅크렸던 어깨를 펴자 에린의 몸이 거대하게 부풀어 올랐다. 등껍질이 갈라지고 벌어지면서 접혀 있던 기다란 날개가 펼쳐졌다. 에린의 눈동자에서 불길이 솟아오르고 검은자위가 세로로 길게 늘어났다. 비늘 사이를 비집고 나온 날카로운 송곳니와 발톱이 서늘하게 빛났다. 한때는 그림자만으로도 인간을 떨게 하던 드래곤의 모습이었다.

예상치 못한 이별

에린과 나탄은 선두에 선 리제의 양옆으로 늘어서 노을로 붉게 물든 하늘을 날았다. 국경에 가까워지자 리제가 외쳤다.

"차모르의 전투기가 나타났다. 7시 방향으로 비행 중. 차단 기동을 위해 위아래로 간격을 벌린다."

리제가 지평선 멀리까지 볼 수 있는 드래곤의 날카로운 눈으로 전방의 전투기를 확인했다. 국경 안쪽이었다. 차모르의 전투기는 벌써 일 년이 넘게 이런 식으로 국경을 넘나들며 에른켈을 자극했다. 리제는 곡선을 그리며 방향을 바꾸어 다가오는 전투기의 뒤로 접근했고 나탄과 에린은 위아래로 거리를 벌리며 그 뒤를 쫓았다. 세 방향에서 전투기를 감싸 영공 밖으로 밀어내는 게 목적이었다.

전투기는 속력을 높일 생각도 없이 리제의 추격을 허용했다. 뒤로 바짝 따라붙은 리제가 가슴에 뜨거운 불덩어리를 머금었다. 리제의 목 주변이 노랗게 달아오르기 시작했다. 언제든지 불길을 내뿜을 수 있다는 나름의 위협이었다. 그 불길이 닿기만 한다면 최첨단 합금으로 무장한 전투기라도 녹일 수 있었다. 하지만 전투기는 그런 거리를 허용하지 않았다.

그 순간 전투기가 역추진을 하며 급히 속도를 줄였다. 눈 깜짝할 사이에 리제의 옆을 스치면서 뒤로 빠진 전투기는 갑자기 리제를 향해 기관포를 난사했다. 포탄은 리제의 왼쪽 날개 바로 옆을 스치며 지나갔고 황급히 피하려던 리제가 잠시 중심을 잃었다. 전투기는 그런 리제를 조롱하듯 다시 속도를 높여 돌진하다가 바로 뒤에서 곡선을 그리며 리제를 스치고 지나갔다.

겨우 중심을 잡은 리제는 긴 울음과 함께 선두기가 지나간 빈 하늘을 향해 불길을 내뿜었다. 전투기는 차모르의 영공으로 향하고 있었지만 분노한 리제는 아랑 곳하지 않고 전속력으로 그 뒤를 쫓았다. 리제의 가슴에 다시 불덩이가 차올랐다.

"리제! 위험합니다!"

에린이 급하게 날아오르며 리제를 따라갔다. 나탄은 고도를 유지하며 전투기를 추격했다. 불길한 느낌이 에린의 등골을 훑었다. 전투기는 잡힐 듯 잡히지 않으면서 지그재그로 하늘을 날며 리제를 유인했다. 분노에 찬 울음을 내뿜으며 날아가는 리제에게 에린의 외침이 들리지 않는 모양이었다.

"에린, 그만 가! 거기서부터 차모르의 영공이야!"

리제를 향해 날아가는 에린에게 나탄의 목소리가 들려왔다. 나탄은 커다란 초록색 날개를 펄럭이며 공중에 멈춰 있었다.

"뭐? 그럴 줄 알았어, 리제가 위험해!"

리제는 이미 전투기를 따라 차모르의 영공 깊숙한 곳까지 들어가 있었다.

나탄은 뜨거운 입김을 내뿜으며 말했다.

"알 게 뭐야! 그렇게 큰소리치더니, 한번 붙어 보라지."

"혼자서는 상대가 안 돼, 알잖아!"

"셋도 상대가 안 돼."

나탄의 말은 사실이었다. 드래곤의 무기는 기껏해야 날카로운 발톱과 수십 미터 정도를 뻗어 나가는 불길뿐이고 비행 능력은 속도로 보나 회전 능력으로 보나 그어떤 것도 전투기를 능가하지 못했다. 지구상에 존재하는 일곱 드래곤이 전부 출동한다고 해도 미사일로 무장한 인간의 최신형 전투기 한 대를 당해 낼 수 없었다.

지금 리제를 쫓아 차모르의 영공으로 들어가면 에린도 위험해진다. 리제를 도울 수 있는 확률보다 에린도 피해를 볼 확률이 훨씬 높다. 그렇다면 리제를 그냥 내버려두는 게 드래곤의 사고방식이다. 드래곤은 자신이 아닌 것을 위해 희생하지 않는다. 하지만 에린은 리제를 내버려둘 수 없었다. 어째서 그런 마음이 드는지는 알 수 없었다.

저 멀리 전투기가 리제를 뒤에 붙인 채 빠르게 날아오르는 모습이 보였다. 저대로 한 바퀴 크게 돌면 리제는 속절없이 꼬리를 잡힌다. 에린은 뒤로 도는 전투기를 방해하기 위해 돌진했다.

"에린! 돌아와!"

나탄이 외쳤지만 에린은 멈추지 않았다. 아무리 리제가 고집스러운 옛날 사고방식의 드래곤이라도 인간에게 농락당하며 죽어 가게 내버려두고 싶지는 않았다. 그런 건 명예롭지 않았다.

리제를 공격하려던 전투기가 에린을 발견했다. 전투기는 예상보다 더 크게 돌며 에린의 꼬리 쪽을 향했다. 이제 목표는 리제가 아니라 에린이었다. 뒤늦게 상황을 파악한 리제가 날갯짓을 하며 돌진했지만 너무 늦었다. 여유 있게 에린을 따라잡은 전투기는 한 치의 오차도 없이 에린을 향해 기관포를 고정했다. 아직 차모르의 영공 안이었다.

'그래도 설마'라는 기대를 무참히 박살 내며 전투기의 기관포가 불을 뿜었다. 에른켈의 영공에서처럼 위협하려는 사격이 아니었다. 전투기는 정확하게 에린을 맞힐 목적으로 포탄을 날렸다. 그리고 그 탄환들은 전투기와 에린의 사이로 번개같이 떨어져 내린 초록색 몸에 사정없이 쏟아부어졌다.

"나탄!"

에린이 비명을 내질렀다. 전투기는 에린을 내버려둔 채 옆으로 곡선을 그리며 전장을 벗어났다. 전투기는 따라잡으려 애쓰는 리제를 놀리려는 듯 가볍게 기체를 흔들고는 속력을 높여 멀어졌다. 만신창이가 된 나탄은 땅을 향해 곤두박질쳤다. 에린이 긴 울음을 남기며 그 뒤를 따라 내려갔다.

드래곤의 형상으로 땅에 떨어진 나탄은 조금 꿈틀거리며 피를 토해 내더니 이내 작은 인간의 모습으로 줄어들었다. 에린은 착륙하기도 전에 미리 날개를 접으며 인간의 발로 땅을 디뎠다. 나탄의 이름을 외치며 달려간 에린이 진흙 구덩이에 손을 집어넣어 몸을 끌어 올리자 만신창이가 된 배와 다리가 드러났다. 짧은 초록색 머리카락을 덮었던 흰 천은 어딘가로 떨어져 나갔고 그 대신 지저분한 흙탕물이 나탄을 뒤덮었다. 에린은 나탄의 얼굴에 묻은 검은 신흙을 닦아 내며 울부짖었다.

"나탄! 정신 차려!"

"가지 말라니까……."

"왜 그랬어! 왜 나탄 네가……."

나탄이 에린을 보며 미소 지었다. 힘겹게 끌어 올린 입꼬리가 떨리고 있었다. 나탄이 손을 뻗어 에린의 손을 잡았다.

"이거…… 다시 돌려줄게."

나탄의 손에는 에린의 머리카락으로 땋은 팔찌가 쥐여 있었다. 나탄이 힘겹게 말을 이었다.

"이걸 가지고 있으면 어디서든 너와 함께하는 느낌이 들었어. 난 인간의 감정을 잘 이해하지는 못하지만……."

나탄이 쿨럭하며 피를 토해 냈다. 에린이 절규했다.

"말하지 마, 나탄! 괜찮아, 괜찮을 거야. 화산에 가서 용암에 몸을 담그면, 치유할 수는 없어도 더 나빠지지는 않을 거야. 드래곤은 강하니까……. 날 믿어!"

"에린. 난 알 수 있어, 죽음을 피할 수 없다는 것 정도는. 그러니 내 부탁을 들어줘."

에린은 차마 대답하지 못했다. 나탄이 에린의 황금빛 머리카락을 쓸어내리며 말했다.

"내가 죽으면…… 알지? 정수를, 네가 맡아 줘. 네 몸

속에……."

"나탄!"

길고 뜨거운 한숨을 마지막으로 나탄의 눈이 감겼다. 나탄의 이름을 외치는 에린 옆으로 리제가 날개를 펄럭이며 내려앉았다. 이미 숨이 끊어진 나탄의 모습을 본 리제는 낮게 그르렁거리며 고개를 숙였다.

"추격하려 했지만 전투기는 도주했다."

"추격이라고요? 대체 언제까지 그런 식으로 말씀하실 겁니까? 우린 인간을 못 이겨요! 정말 모르시는 겁니까? 몰라서 그러시는 거예요? 정말 인간의 전투기를 이길 수 있다고 생각해서 쫓아가신 겁니까?"

리제의 눈에서 불길이 일었다. 에린을 향한 분노가 아니었다. 리제는 먼 하늘로 눈길을 돌리며 말했다.

"알고 있다. 다만 너희가 쫓아올 줄은 몰랐지. 내가 죽는 건 두렵지 않았지만……. 그래, 난 드래곤답게 죽고 싶었던 거다. 끝까지 인간에게 고개를 숙이지 않고 싸우다 죽고 싶었다. 세상이 변했다는 건 알아. 그냥 그 사실을 받아들이지 않은 채로 죽기를 원했는데……."

리제가 나탄의 시체를 바라보았다. 인간의 모습으로

죽어 있는 나탄을 보는 리제의 눈이 복잡했다. 무어라 하려던 말을 몇 번이나 다시 삼킨 리제는 겨우 에린에게 말했다.

"정수를 얻으려면 드래곤의 불로 태워야 한다."

"알고 있습니다. 제가 할 겁니다."

리제가 고개를 끄덕였다. 리제는 뒤로 물러나 조용히 날개를 펄럭이며 하늘로 날아올랐다. 나탄을 땅에 내려 놓은 에린은 몸을 떨며 다시 드래곤의 모습으로 변신했다. 긴 목을 뻗어 하늘을 향해 비명에 가까운 울음을 터뜨린 에린은 나탄을 내려다보며 낮게 기도했다.

"나탄. 타오르는 불 속에서 태어난 잿가루여. 이제 뜨거운 연기가 되어 영원으로 되돌아갈지니."

에린의 가슴이 뜨겁게 달아올랐다. 에린은 모든 것을 녹이는 드래곤의 불을 생명이 꺼진 나탄의 몸 위에 쏟아 냈다. 새카맣게 타오른 나탄의 몸은 가루로 바스러지며 연기를 타고 하늘로 솟아올랐다. 남아 있는 잿더미 속에서 눈물처럼 흘러나온 희뿌연 방울이 바닥에 고였다. 동그랗게 뭉친 작은 보석은 드래곤의 불에도 녹지 않고 오히려 더욱더 단단하게 빛났다. 마침내 나탄

의 몸이 모두 연기로 사라지자 완벽하게 둥근 주먹만
한 구슬 하나가 남았다. 나탄의 정수였다. 절규하듯 몸
속의 모든 불길을 쏟아 낸 에린은 나탄의 정수를 눈물
과 함께 삼켰다.

또 다른 작전

죽은 드래곤은 다른 드래곤의 불길로 태워 화장한다. 타고 남은 재는 정수가 되고 그 정수를 다른 드래곤이 몸속에 넣어 간직한다. 그 정수는 언젠가 드래곤의 알이 되어 새로운 드래곤의 영혼을 품는다. 나탄의 정수가 언제 새로운 드래곤으로 태어날지는 아무도 모르지만 드래곤은 생명의 지배자이자 수호자가 될 운명을 안고 태어난다고 한다. 정말로 드래곤의 시대가 끝났다면 나탄의 정수는 영원히 다시 태어나지 못할지도 모른다.

나탄의 죽음을 보고받는 레온의 표정은 언제나처럼 담담했다. 이렇게 될 줄 미리 알았던 것일까. 레온이 보고 있는 드래곤의 미래가 어떤 것인지 에린은 진심으로 궁금했다. 보고를 마치자 레온은 눈을 내리깔며 감정이 실리지 않은 목소리로 말했다.

"어리석은 짓을 했군, 에린."

뜻밖의 반응에 에린의 말문이 막혔다. 어리석은 짓을 한 건 에린이 아니라 리제였다. 에린은 리제를 구하려고 했을 뿐이다. 그렇게 생각하는 에린에게 레온이 쏘아붙였다.

"리제는 죽으려는 의도로 죽을 게 예상되는 행동을 했다. 나탄은 목숨을 바쳐 널 구하려는 의도로 움직여 예상한 결과를 얻었다. 넌 어떤 의도로 리제를 쫓아 차모르의 영공으로 들어간 거지? 네 행동은 의도한 결과를 얻었나?"

드래곤의 사고방식이었다. 드래곤은 미래를 예측하고 그 결과를 얻기 위해 최선의 행동을 한다. 그렇게 따지면 에린이 쫓아올 걸 예상하지 못한 리제에게도 잘못이 있다. 하지만 마찬가지로 에린 역시 나탄이 쫓아올 걸 예상했어야 했다. 리제는 에린의 행동을 예상하지 못했을 수도 있다. 하지만 에린은 알았어야 했다. 위험에 빠진 에린을 나탄이 내버려둘 리 없었다. 레온의 말대로 에린은 어리석었다.

"아닙니다……."

"드래곤의 지혜는 나이에 비례하지. 천 년도 살지 않은 네게 대단한 지혜를 기대하진 않는다. 하지만 넌 그 얼마 되지 않는 지혜조차 활용하지 못하고 감정에 휘둘려 행동하고 있어. 뻔한 미래를 보지 않고 어리석은 선택을 했단 말이다. 마치 인간처럼."

"인간이 어리석다고 하셨습니까?"

에린이 발끈했다. 자신에게 어리석다고 하는 건 참을 수 있었다. 하지만 인간이 어리석다고 말하는 레온에게 에린은 강한 반감을 느꼈다. 레온은 인간의 능력이 드래곤을 능가했다는 사실을 인정하지 않았다. 대령이라는 계급을 달고 인간의 명령을 받고 있으면서도 그랬다. 에린은 더 이상 레온이 수억 년의 지혜를 지닌 현명한 드래곤이라는 걸 믿을 수 없었다.

"레온 님 역시 인간의 모습을 하고 인간의 계급을 달고 인간의 지휘를 받고 있지 않습니까. 말로만 인간을 무시한다고 해서 지금 드래곤이 처한 현실이 바뀌지는 않습니다."

에린이 이를 악물며 쏘아붙였다. 나탄이 죽임을 당한 건 저렇게 현실을 외면하는 늙은 드래곤들 때문이다. 에린은 리제를 쫓아가지 말았어야 했다는 생각까지 들었다. 죽게 놔두었어야 했다. 에린은 가슴속에서 뜨거운 불덩이가 차오르는 걸 느꼈다.

"드래곤에게 모습은 중요하지 않고 인간의 계급 따위는 아무 의미도 없으며 드래곤은 누가 무슨 말을 하든지 자신이 원하는 걸 한다. 인간의 말을 거스르지 않고 있는 건 그럴 필요가 없기 때문이야. 떠나고 싶으면 언제든지 떠난다. 대답이 되었는가?"

"떠나고 싶으면 떠난다고요? 지금 131대대가 에른켈을 배신하고 떠나면 독자적으로 살아남을 수 있습니까? 인간과의 약속을 저버린 드래곤을 환영해 줄 인간이 있겠습니까? 이제 세상의 주인은 인간입니다. 그걸 인정하지 않으면 드래곤의 미래는 없습니다."

"인간은 세상의 주인이 될 자격이 없어. 그렇게 인간과 함께 지냈으면서 아직도 그걸 깨닫지 못했느냐? 기다려라. 곧 다시 드래곤의 세상이 올 것이다."

"나탄이 죽었습니다!"

에린은 참지 못하고 감정을 터뜨렸다. 뜨거운 입김에 주변의 공기가 타들어 갔다. 그래도 레온은 눈 하나 깜짝하지 않았다.

"장로님의 지혜를 의심하고 싶지는 않습니다. 하지만 지금 이 길이 장로님이 보신 길이 맞습니까? 나탄이 죽을 것도 알고 계셨던 겁니까? 얼마나 더 죽어야 드래곤의 세상이 오는 겁니까! 저도 죽어야 합니까? 장로님의 길이 뭔지도 모르면서 언제까지나 그 길을 따라갈 수는 없습니다."

에린이 절규하자 레온은 오히려 입가에 미소를 띠며 여유 있게 대답했다.

"쫓아오라고 한 적 없다. 선택하라고 했지. 자신이 선택하고 자신이 책임진다. 그게 드래곤이다. 인간을 관찰하고 인간의 감정을 배우는 건 좋다. 하지만 결국 너는 드래곤이라는 걸 잊지 마라. 그러지 않으면 인간처럼 실패할 것이다."

레온이 늘어놓는 말은 여전히 이해할 수 없었다. 하지만 그건 중요하지 않았다. 이제 에린은 스스로 선택해

야 했다. 굳은 얼굴로 뒤돌아 나가는 에린에게 레온이
말했다.

"이제야 좀 마음에 드는군, 황금 드래곤. 페르도 황금
드래곤이었다는 건 알고 있나?"

누구도 페르의 비늘 색에 대해 이야기해 준 적이 없
다. 심지어 레온은 페르의 이름을 직접 말한 적조차 없
다. 더 이상 레온에게 질문하고 싶지 않았다. 에린은 그
대로 방을 빠져나왔다.

나탄이 목숨을 잃은 날. 차모르는 가증스럽게도 드래
곤이 먼저 차모르의 영공을 침범해 자신들의 전투기를
불태웠다고 주장했다. 뉴스에서는 차모르의 영토에 흩
어진 전투기의 잔해가 비추어졌다. 마치 드래곤의 불에
당한 것처럼 처참하게 녹아 떨어진 금속 조각은 인간
의 눈을 속일 만큼 그럴듯했다. 리제가 전투기를 쫓는
장면도 보도되었다. 반면에 에른겔 측에는 당시 싱횡을
증명할 블랙박스도 나탄의 시신도 남아 있지 않았다.

차모르는 드래곤 비행대대의 해체를 요구했다. 드래곤에 대한 막연한 공포심도 부추겼다. 드래곤은 에른켈이 통제할 수 없는 잔인한 맹수라고 주장했다. 여론은 조약에 따라 국제 연합이 드래곤을 관리해야 한다는 쪽으로 기울었다.

분노한 에른켈 국민이 거리로 쏟아져 나왔다. 드래곤을 보호하기 위해서가 아니었다. 놀랍게도 에른켈 사람들은 드래곤이 전투기를 공격했다는 차모르의 주장을 믿었다. 드디어 드래곤이 봉인되었던 능력을 되찾았으며 적들을 불태우고 다시 에른켈을 대륙의 지배자로 만들어 줄 거라고 환호했다. 비겁한 에른켈의 정치인은 드래곤의 실체를 알리기는커녕 오히려 그런 주장을 부추기며 바른말을 하는 사람을 공격할 기회로 삼았다. 심지어는 에른켈이 먼저 차모르를 선제공격해야 한다는 주장까지 공공연하게 떠돌았다.

나탄이 죽은 뒤 한 달이 지나서야 유진은 에린을 찾아왔다. 하루가 다르게 전쟁 위협이 높아지고 있던 시기였다. 유진이 에린에게 따뜻한 차를 건네며 말했다.

"나탄의 일은 미안해요. 진심이에요."

"나 때문이야. 내가 리제를 쫓아가지만 않았어도……."

"제 책임이 더 커요. 최근 차모르의 도발이 선을 넘고 있다는 걸 몰랐다면 거짓말이겠죠. 그런데 전 정말 나탄이 그런 일을 당할 줄은……."

그렇게 말하는 유진의 얼굴에 금방이라도 울 것 같은 표정이 떠올랐다. 유진은 잠시 눈을 감고 마음을 추슬렀다. 다시 눈을 뜬 유진은 언제 그랬냐는 듯 곧바로 본론으로 들어갔다.

"차모르와의 정치적 분위기에 대해서는 알고 있죠? 전면전이 머지않았어요. 무슨 핑계를 대서라도 쳐들어올 기세예요."

"아란티스는? 차모르가 쳐들어오는 걸 보고만 있는 거야?"

"아란티스가 개입하면 핵전쟁이 벌어져 인류 전체가 멸망할지도 몰라요. 차모르는 그 점을 노리고 있어요. 지금 국제 여론은 오히려 아란티스 쪽에 눈치를 주고 있어요. 에른켈이 더 골치 아프다는 거죠. 차모르는 속전속결로 에른켈을 점령한 뒤 협상을 시도할 거예요. 에린, 정말 다른 방법은 없나요?"

"다른 방법이라니?"

"드래곤 말이에요. 다른 능력은 더 없어요? 고대부터 전해져 내려오는 그런 능력 말이에요. 제가 모르는 능력이 정말 없나요?"

오죽 답답하면 유진마저 이런 말을 할까 싶었다. 에린 역시 정말 드래곤에게 다른 능력이 없는지 레온에게 물어보고 싶은 심정이었다. 하지만 아쉽게도 그런 건 없었다. 에린이 고개를 젓자 유진은 그럴 줄 알았다는 듯이 한숨을 쉬었다.

"그럼 전쟁이 시작되면 드래곤 역시 생존을 장담할 수 없겠네요. 이 싸움은 인간의 싸움이에요. 과연 드래곤이 멸종을 무릅쓰고 이번 작전에 참여해 줄까요? 에린 생각은 어때요?"

"말하기 곤란한 문제인데……. 드래곤에게는 원래 희생이라는 개념이 없다는 건 알고 있겠지?"

"아무리 드래곤들이 희생을 모르고 모든 걸 스스로 선택한다 해도, 지금까지 제가 본 바로는 레온의 명령에는 모두 따르더군요.

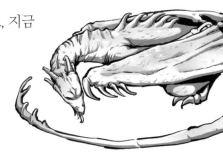

에린은 어때요? 레온이 출격을 명령하면 출격하고 배신을 명령하면 배신할 건가요?"

"배신이라고?"

에린이 깜짝 놀라며 물었다. 유진은 잠시 말을 멈추고 에린을 바라보았다. 어디까지 말해 줘야 하나 고민하는 모양이었다. 시간은 길지 않았다.

"레온은 전쟁이 시작되면 에른켈을 배신할 거예요. 차모르의 편을 들어 종족을 보존하기로 약속받았다는 첩보가 있어요."

"그게 정말이야?"

"놀라운가요? 난 놀라지 않았는데. 애초에 드래곤이 인간의 나라에 충성을 바칠 이유가 없잖아요. 에린 생각은 좀 다른가 보죠?"

"글쎄. 충성 같은 거야 없지만 그래도 선뜻 내키지는 않는데."

"하하하. 왜요? 그런 건 명예롭지 않은가요?"

유진이 크게 소리 내 웃었다. 미소를 지으며 에린을 바라보는 유진의 눈이 살짝 젖어 있었다.

"역시 나탄의 말이 틀리지 않았네요. 나탄은 에린이

다른 드래곤과 다르다고 그랬죠. 인간을 가장 닮고 싶어 하는 건 자신이지만 정작 인간을 가장 닮은 드래곤은 에린이라고 말이에요."

"나탄이…… 그랬나."

"그래요. 말했죠? 인간은 어리석다고."

어리석다는 말에 얼굴을 찌푸리는 에린을 보며 유진이 살짝 웃었다.

"나쁜 뜻은 아니에요. 인간은 감정의 동물이죠. 어느 쪽이 자신에게 이익인지 뻔히 계산이 나와 있는데도 결정을 망설이니까요. 사랑, 정의, 명예. 뭐, 그런 것 때문에 말이에요. 비효율적으로 보일지도 모르지만 난 그게 인간의 힘이라고 생각해요."

드래곤의 사고방식으로는 확실히 비효율적이다. 레온은 리제를 쫓아갔던 에린의 행동이 어리석었다며 나무랐다. 하지만 유진은 그게 인간의 힘이라고 말하고 있었다.

"인간은 세상에 절대적인 무언가가 있다고 믿으며 그 것을 닮으려 애써요. 신이라고 불러도 좋고 진리라고 해도 좋아요. 그 하늘 끝에 도달하기 위해 세대를 이어

가며 끊임없이 쌓아 올린 탑이 바로 인간의 문명이에요. 사랑이니 정의니 명예니 하는 걸 따져 가면서요. 인간은 자신의 이익도 챙기지 못하는 어리석은 존재지만 그 어리석음이 인간의 바깥에 진짜 힘과 지혜를 쌓은 셈이죠. 백 년도 못 사는 인간이 드래곤보다 강해진 이유일 거예요."

드래곤은 자신의 안에 힘을 쌓지만 인간은 바깥에 쌓는다. 나탄도 그런 말을 했다. 하지만 에린은 자신에게 인간의 그런 면이 있다고는 생각해 보지 못했다. 오히려 스스로 비늘을 열고 죽은 페르를 닮지 않으려면 인간을 멀리해야 한다고 믿었다.

에린이 중얼거리듯 말했다.

"그렇게 거창한 이유로 배신을 망설이는 건 아냐. 나는 그냥 나탄을 죽인 차모르와 손을 잡는 게 싫은 거야."

"그 한 가지 이유에 사랑과 정의와 명예가 모두 들어 있잖아요. 어쨌든 좋아요. 중요한 건 에린이 차모르와 손을 잡고 싶지 않다는 거니까요. 설령 레온이 명령한다고 해도 말이에요. 좋아요, 작전을 하나 제안힐게요."

"어떤 작전인데?"

드디어 진짜 본론으로 들어간 모양이었다. 에린을 바라보는 유진의 눈빛이 더없이 진지하고 엄숙했다. 레온을 무색케 하는 위압감이 그 눈에서 느껴졌다. 고작 십수 년을 산 인간에게서 그런 눈빛이 나올 수 있다는 게 믿기지 않았다. 인간의 오랜 선조가 유진과 함께 에린을 바라보고 있다는 느낌마저 들었다.

"에른켈이 절대적으로 불리한 건 사실이에요. 이 작전도 성공할 확률이 높지는 않아요. 하지만 만에 하나 성공하기만 한다면 전세가 뒤집히는 작전이에요. 관심 있나요?"

에린의 눈이 빛났다. 듣고 싶었던 바로 그 말이었다. 나탄의 복수를 할 수 있다면 한번 목숨을 걸어 볼 만했다.

"그 작전이라는 게 뭔데?"

"먼저, 작전을 극비에 부치겠다고 약속해요. 특히 레온에게는 철저하게 숨겨야 해요. 게다가 에린 혼자 수행하기에는 쉽지 않은 작전이에요. 다른 드래곤 중에 믿을 만한 드래곤이 있어요? 아니면 에린만큼 차모르를 증오하고 있다거나."

마지막 출격

　유진의 예측대로 차모르는 에른켈에 전면전을 선포했다. 하늘과 땅으로 동시에 밀고 들어오는 차모르 군대에 에른켈은 속수무책으로 무너졌다. 차모르는 내전에 개입할 경우 핵전쟁을 각오하라며 아란티스를 협박했다. 비난의 목소리는 높았지만 아란티스를 비롯한 어느 나라도 섣불리 움직이지는 못했다. 모든 게 차모르가 계획한 대로였다.

　군사력으로만 따진다면 아란티스가 우세했다. 차모르의 공세를 즉각 저지할 수 있는 아란티스 군대가 에른켈 근처 바다에 포진하고 있었다. 하지만 역시 핵무기가 문제였다. 차모르와 아란티스는 세상을 수십 번은 멸망시킬 수 있는 핵무기를 보유하고 있었다. 아란티스는 본토에 핵미사일이 날아오는 상황까지 감수하고 전쟁에 뛰어들 생각은 없었다.

에른켈의 육군은 높고 가파른 지형을 이용해 차모르의 진군에 저항했다. 공중전을 장악한 차모르는 거침없이 전선을 밀어붙였다. 결국 에른켈은 공군력을 총동원해 마지막 저항을 벌이기로 했다. 131대대에도 출격 명령이 떨어졌다. 유진이 말한 작전 개시일이었다. 그리고 유진의 예측은 또 맞아떨어졌다. 드래곤이 모두 모인 자리에서 레온은 에른켈을 배신하겠다고 선언했다.

"우리는 출격 후 교전 직전에 작전 지역을 이탈하여 차모르에 투항한다. 차모르는 에른켈을 자국의 영토로 흡수한 뒤 베오부스 화산 일대를 생태 보존 지역으로 지정해 우리에게 준다고 약속했다."

"차모르를 어떻게 믿습니까?"

질문을 던진 건 아민이었다. 예상대로 다른 드래곤은 인간을 배신한다는 것 자체에는 거부감이 없었다.

레온이 대답했다.

"드래곤은 아무도 믿지 않는다. 정황상 당분간은 약속이 이행되리라고 판단했을 뿐이다. 에른켈의 자존심을 꺾어 놓는 데 드래곤이 차모르 편에 섰다는 사실이 꽤 유용하게 쓰일 테니까. 우리가 영속하기에 가장 효과적인 선택이다."

몇 가지 질문이 더 나왔지만 레온의 뜻은 확고했다. 에린은 이미 레온의 배신을 예상한 유진에게 다른 계획을 받아 놓은 상태였다. 섣불리 나섰다가 들통이 날까 봐 에린은 고개를 숙인 채 묵묵히 아무 말도 하지 않았다. 다른 드래곤들은 그런 에린의 침묵을 소극적인 동의로 받아들였다.

전투기를 보관하는 철제 창고에서 변신한 드래곤들이 하늘로 솟아올랐다. 드래곤은 최전선에서 차모르의 전투기와 맞닥뜨릴 예정이었다. 멀리 에른켈을 향해 날아오는 차모르의 전투기가 보였다.

"전방! 전투기 확인!"

제1 편대장인 아민이 외쳤다. 차모르의 전투기들은 미사일을 발사히지 않았다. 물론 그건 차모르가 자비로워서가 아니라 레온과 내통했기 때문이다. 양쪽으로 벌

어진 두 편대 사이에서 날고 있던 레온이 명령을 내렸다.

"전원 하강! 전투기를 지나쳐 그대로 차모르로 향한다!"

드래곤은 일시에 땅을 향해 자세를 낮추어 날아가며 속도를 높였다. 차모르의 전투기들은 약속대로 드래곤을 그대로 지나쳐 에른켈 공군과의 공중전에 돌입했다. 국경을 넘어 투항하는 것 외에도 차모르가 요구한 게 한 가지 더 있었다. 아민을 선두로 한 드래곤은 낮게 지상을 날며 차모르로 가는 길에 있는 에른켈의 땅을 불태웠다.

에른켈의 푸른 들판과 숲이 드래곤의 화염에 휩싸였다. 농가와 밭이 불타고 다리가 끊어졌다. 자신들을 향해 날아오는 드래곤을 무방비 상태로 바라보던 사람들은 혼비백산하며 사방으로 흩어졌다. 드래곤을 향해 벗어 흔들던 모자가 까만 잿더미로 변해 바람에 흩어졌다.

에린은 차마 불을 내뿜지 못했다. 레온은 그런 에린을 노려보며 스쳐 지나가더니 꼬리를 휘둘러 마을 중앙의 시계탑을 산산조각 냈다. 충분히 파괴했다 싶었는지 레온은 은빛 날개를 펄럭이며 다시 상공으로 솟아올랐다.

다른 드래곤이 그 뒤를 따랐다.

누구보다 열심히 불길을 쏟아붓던 리제가 에린 옆으로 붙으며 속삭였다.

"뭐 하는 거야, 레온이 눈치채잖아!"

"별로 의심하진 않을 겁니다. 평소의 저라도 이랬을 테니까요."

리제가 알았다는 듯이 고개를 끄덕이며 다시 멀어졌다. 이제 드래곤들은 전속력으로 차모르를 향해 날았다. 뒤에 남겨진 건 드래곤의 배신에 충격을 받은 에른켈 사람들이었다. 조만간 공군마저 무너졌다는 소식이 들려오면 에른켈에게 남은 선택지는 즉각적인 항복밖에 없었다.

어느새 국경을 넘어선 드래곤들은 차모르의 공군 기지를 향해 날았다. 이제 유진이 작전을 시작할 타이밍이었다. 서로 눈빛을 주고받은 에린과 리제는 갑자기 방향을 틀어 대열을 이탈했다.

"2편대! 어딜 가는 거야! 대열을 유지해!"

소리치는 아민을 뒤로하고 에린과 리제는 몸을 낮추며 땅을 스치듯 날았다. 드래곤이 일으키는 거센 바람

에 나무들이 휘청이고 땅에서는 먼지가 소용돌이처럼
자욱하게 피어올랐다.

어젯밤, 에린은 자신과 함께 레온을 배신할 드래곤으
로 리제를 택했다. 리제는 오로지 자신의 자존심을 짓
밟은 차모르군에게 복수하겠다는 일념으로 에린의 계
획에 합류했다. 리제에게 목숨은 중요하지 않았다. 인
간들을 쓸어 버릴 수만 있다면 리제는 에른켈과 차모르
중 어느 편이든 상관없었다.

에린의 설명을 들은 유진은 고개를 끄덕였다. 그러고
는 옆방에서 기다리고 있던 인간을 불러들였다. 일반인
처럼 차려입고 있었지만 그 역시 군인임을 알아채기는
어렵지 않았다. 아란티스인이었다.

"드래곤을 직접 만나는 건 처음이야. 겉으로는 인간
과 구분되지 않을 거라고 들었는데 정말 그렇군. 반갑
네, 로건이라고 하네."

로건의 눈빛은 유진과는 전혀 달랐다. 신기한 동물을

바라보는 듯한 불쾌한 눈빛에 에린의 목이 뜨거워졌다.
유진이 작게 한숨을 내쉬며 끼어들었다.

"그 어떤 인간보다 약속을 잘 지킬 겁니다. 제가 보장
하죠."

"나는 말로 하는 약속은 믿지 않는다. 아까 말한 조치
가 먼저 이루어져야 아란티스군이 움직일 거야."

"물론입니다. 자, 그럼."

유진은 찻잔을 치우고 커다란 지도 한 장을 탁자 위에
펼쳤다. 에른켈과 차모르의 국경 양쪽으로 복잡한 기호
와 화살표가 빼곡하게 표시되어 있었다. 유진은 에린을

보며 말했다.

"레온은 드래곤을 이끌고 차모르의 영토 내에 있는 공군 기지로 향할 겁니다. 최대한 적진 깊숙이 침투한 뒤 적절한 타이밍에 이곳으로 방향을 틀어야 해요."

유진은 지휘봉으로 높고 가파른 산맥 한가운데를 짚었다. 지도 위에는 아무것도 표시되어 있지 않았다.

"거기에 뭐가 있는데?"

"차모르에는 총 네 곳의 핵미사일 기지가 있어요. 그중 바다 건너 아란티스의 본토를 조준하고 있는 건 이곳 하나죠. 에른켈과의 국경에서 멀지 않아요. 아란티스가 본격적으로 전쟁에 개입하지 못하는 건 모두 이 미사일 기지 때문입니다."

"그럼……."

"맞아요. 이곳을 무력화하면 즉시 아란티스가 개입하여 차모르를 에른켈의 국경 밖으로 밀어낼 거예요. 동시에 이 전쟁이 핵전쟁으로 번지지 않도록 외교적인 공세도 시작됩니다. 딱 24시간이면 돼요. 상황이 정리되고 나면 섣불리 핵을 쓸 수 없는 건 차모르와 아란티스 모두 마찬가지니까요. 24시간 동안만 핵전쟁이라는 불

확실성이 제거되면 아란티스가 차모르의 공세를 막고 휴전 협상을 시작할 수 있어요."

에린은 로건을 돌아보았다. 로건은 가느다란 눈으로 에린을 내려다보며 살짝 고개를 끄덕였다. 그러고는 에린에게 작은 장치 하나를 내밀었다. 단단한 금속으로 감싸인 장치 뒤에 붉은색 스위치 하나가 달려 있었다. 장치를 살펴보는 에린에게 로건이 거만한 말투로 물었다.

"한 가지 궁금한 게 있는데, 드래곤으로 변신하면 이 장치를 어디에 넣고 가지? 드래곤이 비늘 위에 주머니 달린 옷을 입는다는 소리는 못 들어서 말이야. 드래곤으로 변신할 때는 지금 입고 있는 그 옷은 다 찢어져서 알몸이 되는 건가?"

로건은 그렇게 말하며 에린의 몸을 훑어보았다. 같은 인간이라기에 유진과 로건은 너무나 달랐다. 인간은 자신의 몸 바깥에 힘과 지혜를 쌓아 거대한 문명을 건설했다. 그 문명을 움직이는 건 유진 같은 인간일까, 아니면 로건 같은 인간일까?

에린은 불쾌한 기분을 억누르며 차분한 목소리로 겨우 대답했다.

"옷을 포함한 인간의 형상 전체가 제 몸입니다. 이 상태에서 주머니에 넣어 놓으면 드래곤이 되어도 비늘 안쪽에 안전하게 보관됩니다."

그렇게 말하는 에린의 눈동자가 살짝 세로로 가늘어지자 로건이 흠칫하며 뒤로 물러섰다. 로건은 에린이 징그러운 짐승이라도 된다는 듯이 시선을 피한 채 설명했다.

"잘 들어. 차모르의 핵미사일 기지 전체를 통제할 수 있는 해킹 코드가 거기 들어 있다. 통제실 내에 있는 컴퓨터에 그걸 꽂고 스위치를 켜기만 하면 돼. 그럼 미사일 발사를 제어할 수 있어. 차모르가 즉각 시스템 복구를 시도하겠지만 적어도 24시간은 걸릴 거야. 어떻게 동작하는지는 알 필요 없어. 꽂기만 하면 그 장치가 알아서 시스템을 해킹할 테니까.

위성 통신 기기를 겸하고 있으니 해킹이 완료되면 즉시 내게 연락해. 기지를 장악했다는 게 확인되면 바로 아란티스군을 투입하겠다."

"로건 당신에게 직접 말입니까?"

지금까지 인간과 드래곤 사이의 연락은 모두 유진을

통해 왔다. 에린이 돌아보자 유진은 건조한 얼굴에 가
벼운 미소를 띠며 말했다.

"이번 작전에는 에른켈의 모든 공군력을 동원할 거예
요. 차모르의 전투기가 에릭을 방해하지 못하도록 최대
한 우리 쪽으로 집중시켜야 하니까요. 물론 나도 출격
해요."

유진은 그렇게 말하며 깊은 눈으로 에린을 바라보았
다. 그 순간 에린은 이것이 유진을 보는 마지막 순간이
라는 걸 깨달았다. 유진의 눈빛은 차모르의 대군에 맞
서기 위해 갑옷을 입던 이도의 눈빛과 같았다. 이번 작
전에서 유진은 살아남을 생각이 없었다. 에린이 어떤
말을 하더라도 유진의 선택은 흔들리지 않을 것이다.
인간은 드래곤보다 약해도 그보다 용감할 수 있었다.

말없이 해킹 장치를 안주머니에 집
어넣던 에린의 손에 매듭 하나
가 잡혔다. 나탄이 돌려준 황
금 팔찌였다. 잠시 생각한 에
린은 그 팔찌를 꺼내 유진에게
주었다.

"그거, 나탄이 가지고 있던 거죠? 에린의 머리카락으로 만들었다고 들었어요. 이걸 제게 줘도 돼요?"

"작전의 성공을 위한 부적이라고 생각해."

유진이 웃으며 고개를 끄덕였다. 팔찌를 받아 든 유진은 바로 군복을 걷고 오른쪽 팔목에 끼웠다. 그러자 에린은 마치 유진과 손을 잡은 듯한 느낌을 받았다.

에린과 레온

미리 약속했던 길을 벗어난 에린과 리제의 움직임은 즉시 차모르군에 포착되었다. 레이더를 피하려고 골짜기를 따라 낮게 날아가는 드래곤을 헬기와 대포 그리고 우라늄을 넣은 탄환으로 무장한 대전차 부대가 추격했다. 에린은 사방으로 떨어지는 대포를 피하며 어지럽게 날았다. 파편에 찢긴 날개와 배 여기저기에서 드래곤 피가 흘러내렸다. 미처 기지에 도달하기도 전에 헬기 세대가 두 드래곤의 꼬리에 따라붙어 기관포를 퍼부었다.

"에린! 더 빨리 못 날겠나? 속력을 더 높여! 난 저 녀석들하고 재미를 좀 볼 테니!"

"리제!"

옥신각신할 시간이 없었다. 에
린은 온 힘을 다해 공중으로 솟
아올랐다. 리제가 갑자기 몸
을 뒤틀더니 쫓아오는 헬기들
을 향해 불길을 쏟아 냈다. 가장
가까이 따라붙었던 헬기 한 대가 불길을 피하며 도망치
는 에린을 향해 미사일을 발사했다. 리제가 뿜어낸 불
길이 방금 헬기에서 떠난 미사일을 뒤덮었다. 미사일이
폭발하자 충격에 휩쓸린 헬기가 중심을 잃고 옆으로 기
울어지며 숲으로 떨어졌다.

하지만 그사이 나머지 두 대의 기관포 탄이 리제에게
쏟아졌다. 미사일 파편과 기관포 탄에 꿰뚫린 비늘 사
이로 피를 쏟아 내면서도 리제는 추락하지 않았다. 오
히려 더 거세게 불길을 뿜어내며 사방을 불바다로 만들
었다. 골짜기 전체가 검은 연기로 뒤덮이자 헬기는 더
추격하지 못하고 방향을 돌렸다. 불길을 피해 달아나기
식선에 헬기에서 빌사된 힌 무리의 미사일이 리제를 향
해 돌진했다. 리제의 마지막 비명이 골짜기를 타고 퍼

져 나갔다.

공중으로 솟아오른 에린은 전속력으로 핵미사일 기지를 향해 날았다. 드디어 풀숲으로 위장된 기지가 시야에 들어왔다. 그와 동시에 기지 주변에 숨어 있던 발사대에서 에린을 향해 포탄을 던지기 시작했다. 에린은 재빨리 몸을 돌리며 겨우 날아드는 포탄을 피했다. 빈틈을 찾으려 기지 주변을 맴돌아 보았지만 가까이 다가가기조차 힘들었다.

그때 하늘에서 거대한 불덩어리 두 개가 엄청난 속도로 발사대를 향해 내리꽂혔다. 에린을 쫓던 포탄들이 미처 위쪽으로 방향을 바꾸기도 전에 두 개의 불덩어리에서 폭포처럼 쏟아져 내린 불길이 주변을 불바다로 만들었다. 그중 한 불덩어리는 땅에 닿기 직전 속도를 줄이며 사뿐히 내려앉았지만 다른 하나는 떨어지던 속도 그대로 땅에 부딪쳐 주변 땅을 흔들었다. 화염 속에서 모습을 드러낸 건 드래곤의 장로 레온이었다.

"레온 님! 여길 어떻게⋯⋯."

"네 계획 정도는 이미 예상했다. 잡담하고 있을 시간이 없어! 이제 남은 건 너와 나 둘뿐이다."

그 말을 들은 에린이 다른 불덩어리 쪽으로 날아갔다.
아민이 불길 속에서 온몸을 꿰뚫린 채로 쓰러져 있었
다. 아민이 에린을 바라보며 힘겹게 말을 뱉었다.

"황금 드래곤……. 멜린 장로님께서는 황금 드래곤이
새로운 드래곤들의 세상을 열 것이라고 하셨다. 그 예
언을 깨뜨렸다가는 용서하지 않을 것이다."

"그게 무슨……. 비스와 마흐는 어디 있습니까? 무사
합니까?"

"그들의 운명도 짊어져야 할 것이다. 미처 불태워 주지 못했⋯⋯."

아민이 말을 끝마치지 못하고 눈을 감았다. 어쩔 줄 몰라 하는 에린에게 레온이 소리쳤다.

"어리석은 녀석! 시간이 없다! 드래곤의 죽음을 헛되이 할 생각이냐!"

레온은 이미 기지를 향해 돌진하고 있었다. 에린이 서둘러 뒤를 쫓으며 외쳤다.

"기지를 불태워서는 안 됩니다! 기지가 폭발하면 주변 전체가 방사능에 오염될 겁니다!"

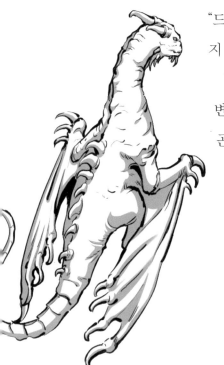

"드래곤은 방사성 물질에 해를 입지 않는다. 알고 있지 않나?"

"예체르 화산이 죽음의 땅으로 변한 걸 보셨지 않습니까? 드래곤은 생명의 지배자이자 수호자가 아니었습니까?"

"그것 또한 네 선택이겠지. 알았다. 자, 들어가라."

레온은 깊게 숨을 들이쉬

더니 기지 내부로 들어가는 철문을 향해 불길을 쏟아 넣었다. 인간의 형상으로 변한 에린이 쇠가 녹아 떨어지는 불길 속으로 몸을 던졌다.

잿가루와 유독 가스로 뒤덮인 기지 안에서 에린과 레온은 결국 통제실을 찾아냈다. 여전히 드래곤의 모습으로 남아 있던 레온이 불길을 뿜어내 굳게 닫힌 통제실 문을 녹여 버렸다. 레온이 권총을 쏘며 저항하는 군인들을 사정없이 물어뜯는 사이 에린이 통제 컴퓨터를 찾아내 로건이 준 장치를 꽂고 스위치를 켰다. 해킹 코드가 침투하며 모니터에서 문자들이 스크롤 되어 올라가더니 곧 컴퓨터가 해킹되었다는 메시지가 떴다. 통제실의 모든 컴퓨터가 장악되기까지 채 오 분도 걸리지 않았다.

"됐어요! 핵미사일 기지를 무력화했습니다! 이제 아란티스가 개입하여 차모르를 국경 밖으로 밀어……."

레온을 돌아보는 에린의 이마에 강한 충격이 느껴졌다. 그 순간 눈앞이 깜깜해지며 에린은 정신을 잃었다.

정신을 차린 에린의 눈에 통제실의 차가운 바닥이 들어왔다. 그리고 컴퓨터 앞에 서 있는 레온의 발이 보였다. 에린을 공격한 건 레온이었다. 불길한 느낌이 싸늘하게 에린을 쓸고 지나갔다. 에린이 벌떡 몸을 일으켰다. 통제실의 모니터에 떠 있는 숫자가 하나씩 줄어들고 있었다. 레온의 손에는 컴퓨터에 꽂았던 해킹 장치가 들려 있었다.

　"이게 뭡니까? 뭘 하신 겁니까?"

　"인간에게 종말을 선물하는 거지. 이제 곧 아란티스를 향해 차모르의 핵미사일이 날아갈 거다."

　"뭐라고요? 미쳤습니까? 정말 핵전쟁을 일으킬 셈입니까? 전 지구가 죽음으로 뒤덮일 겁니다!"

　"인간을 포함해서 생물 대부분이 죽겠지. 드래곤은 아니겠지만."

　"뭐……."

　"인간이 세워 올린 건방진 문명은 불길에 녹아내릴 거다. 드래곤이 다시 지구의 지배자가 되는 거지."

"왜 그렇게까지 해야 합니까! 그렇게 잔인하고 끔찍한 방법으로 지배자가 되는 게 드래곤의 방식이라면 전 드래곤을 경멸하겠습니다! 제 손으로 드래곤을 멸종시켜 버릴 겁니다!"

"정신 차려! 네가 아무리 인간 흉내를 내려고 해도 넌 드래곤이다. 그 사실은 변하지 않아!"

에린의 눈에서 불길이 일었다. 통제실에 경고음이 울려 퍼졌다. 모니터에 표시된 시간은 삼십 초였다. 다른 모니터에는 숨겨져 있던 철문이 열리며 지하에 있던 미사일이 지상으로 올라오는 영상이 보였다. 에린이 소리를 지르며 레온에게 달려들었다.

레온을 넘어뜨리고 해킹 장치를 빼앗은 에린이 서둘러 스위치를 껐지만 카운트다운은 멈추지 않았다. 컴퓨터로 달려들어 눈에 띄는 버튼을 되는 대로 눌러 봐도 소용없었다. 결국 숫자는 0으로 바뀌고 핵폭발 장치를 장착한 미사일에 불이 붙었다. 어떻게든 막아야 했다. 에린은 통제실 밖으로 뛰쳐나가며 로건에게 연락했다.

"로건! 로건! 차모르의 핵미사일이 발사되려고 합니다! 아란티스 본토를 향해서!"

장치에서 날카로운 로건의 목소리가 지직거리는 잡음에 섞여 터져 나왔다.

이런! 짐승을 믿은 게 실수였지. 이 지구상에서 네놈들을 깡그리 지워 버릴 테니 각오해!

"막을 수 있어요! 아직 내가 막을 수 있습니다!"

그렇게 외치며 기지 밖으로 빠져나온 에린이 드래곤으로 변해 날아올랐다. 이미 미사일은 발사대 위에서 구름 같은 흰 연기를 내뿜고 있었다. 에린은 필사적으로 날갯짓을 하며 미사일로 돌진했다. 숨을 깊게 들이마신 에린의 가슴이 붉게 타올랐다. 뜨거운 불덩어리가 목을 타고 올라오려는 순간 서늘한 이빨이 에린의 목을 꿰뚫었다. 드래곤으로 변신한 레온이었다.

에린은 비명을 지르며 날카로운 발톱을 레온의 등에 꽂아 넣었다. 발사대에서 분리된 미사일이 하늘로 솟아오르기 시작했다. 송곳니를 뿌리치고 서둘러 미사일을 쫓아가려는 에린에게 이번에는 레온의 꼬리가 날아왔다. 에린이 공중에서 한 바퀴 회전하며 겨우 다시 중심을 잡았다. 날개를 펄럭이는 레온이 미사일이 날아가는 방향을 가로막으며 무서운 눈으로 에린을 노려보았다. 한 점의 온기도 느껴지지 않는 차가운 눈이었다.

"넌 드래곤이다, 에린!"

그 순간 에린은 드래곤을 저주했다. 이 세상에서 멸종되어야 할 건 인간이 아니라 드래곤이었다. 에린은 뜨거운 턱을 벌려 날카로운 송곳니를 드러냈다. 그리고 드래곤이 절대로 해서는 안 되는 금기를 범했다.

에린의 입에서 쏟아져 나온 불길이 살아 있는 드래곤, 레온을 덮쳤다. 드래곤을 불태울 수 있는 건 오직 다른 드래곤의 불길뿐이다. 레온의 비늘이 녹아내리고 살이 불타올랐다. 소름 끼치는 비명을 내쏟으며 레온은 땅으로 추락했다.

하늘로 솟아오르는 미사일을 따라잡은 에린은 날카로운 송곳니로 미사일 끝에 달린 핵폭발 장치를 물어뜯었다. 다행히 핵폭발 장치는 폭발하지 않았다. 에린은 아란티스로 향하던 핵미사일을 멈췄다. 기지로 내려와 입에 문 핵폭발 장치를 조심스럽게 내려놓은 에린은 날개를 접어 넣으며 인간의 형상으로 변했다. 살갗으로

스며드는 단단한 비늘이 치가 떨릴 정도로 끔찍했다.

에린은 죽어 가는 드래곤을 향해 다가갔다. 레온의 비늘이 녹아내려 살갗이 흉하게 드러났다. 수억 년의 세월을 살아온 레온이 이렇게 끔찍하게 최후를 맞이하리라고는 그 어떤 드래곤도 예상하지 못했다.

"죄송합니다, 레온 님."

"후후후."

레온은 웃고 있었다. 에린은 만일 레온이 자신에게 불길을 내뿜는다면 그대로 뒤집어쓸 각오를 하고 있었다. 그렇게 드래곤의 시대를 마무리하는 것도 나쁘지 않았다. 하지만 레온은 오히려 웃고 있었다. 모든 게 예정대로 되었다는 듯한 웃음이었다. 불길한 느낌에 휩싸인 에린이 레온에게 물었다.

"이 모든 걸 내다보셨습니까?"

"드래곤의 지혜는 나이에 비례하지. 후후후."

"그렇다면 대체 왜 이렇게 의미 없는 죽음을 택하신 겁니까? 어차피 실패할 걸 알았다면 왜 아란티스로 핵미사일을 발사하셨습니까!"

"의미 없지 않다, 황금 드래곤. 난 너를 위해 새로운 드래곤의 시대를 열어 주었다. 내가 살아갈 수 없는 세상이지. 나는 죽지만 드래곤은 영원할 것이다."

"죄송하지만 핵전쟁은 제가 막았습니다. 인간들은 결코 멸망하지 않을 겁니다. 저도 언젠가는 인간에게 죽겠지요."

"아니, 핵전쟁은 이미 시작되었다. 어리석구나. 아란티스가 차모르의 핵미사일이 자국 영토에 떨어질 때까지 기다릴 줄 알았더냐?"

"뭐라고요?"

"잘 들어라, 에린. 인간은 어차피 멸망할 운명이었다. 드래곤은 썰물처럼 인간들이 물러나기를 기다리며 살아남기만 하면 되었지. 쉽진 않았지만 네 덕분에 해낼 수 있었구나."

에린의 등골이 서늘해졌다. 에린은 황급히 로건이 건네준 장치를 꺼내 외쳤다.

"로건! 차모르의 핵미사일을 막았습니다! 확인했습니까? 공중에서 핵폭발 장치를 수거했다고요! 설마……. 대답하세요, 로건!"

지직거리는 잡음과 함께 장치에서 흘러나오는 로건의 목소리에는 섬뜩한 귀기가 실려 있었다.

이미 시작됐다, 저주받을 드래곤. 너희는 차모르와 함께 깨끗하게 지워질 거다.

"로건! 대체 왜! 핵미사일을 쏘기 시작하면 전 인류가 멸망합니다! 모릅니까?"

어차피 멸망할 거라면 차모르가 먼저 멸망해야겠지.

에린은 그 순간 모든 걸 깨달았다. 레온의 말이 맞았다. 시로를 향해 핵미사일을 겨누고 있는 인간은 이미 멸망의 문턱 위에 서 있는 거나 마찬가지였다. 레온이

한 일은 그저 그 멸망을 조금 앞당긴 것뿐이다.

핵전쟁이 아니더라도 인간은 멸망할 운명이었다. 온갖 오염 물질을 쏟아 내며 자연을 파괴했다. 숲을 불태우고 생태계를 무너뜨리며 남극의 빙하를 녹였다. 자신들이 쌓아 올린 거대한 탑의 힘을 통제하기에 인간 개개인은 너무도 나약했다.

사랑, 정의, 명예. 에린은 인간의 가치를 사랑했다. 생명은 유한해도 그런 가치는 영원하다고 믿는 인간이, 오직 스스로 강해지기만을 원하는 드래곤보다 고귀하다고 생각했다. 인간의 짧은 삶마저 아름다웠다. 언젠가는 죽는 인간이기에 인류 공통의 이상을 위해 자신을 희생하는 용기를 낼 수 있다고 믿었다.

하지만 또한 인간은 탐욕스럽고 이기적이었다. 자신의 짧은 삶만이 중요한 인간에게는 미래가 중요하지 않았다. 눈앞의 이익을 위해 머지않아 다가올 재앙을 기꺼이 감수했다. 자신들이 쌓아 올린 거대한 힘이 자신들의 세상을 무너뜨리는 모습을 맥없이 지켜보았다. 인간은 어리석었다. 그런 인간에게 멸망은 예정된 운명이었다. 이제야 그 사실이 에린의 눈에 명확하게 보였다.

"곧 핵미사일이 이곳에 떨어질 거다. 드래곤의 모습으로 하늘로 날아올라라. 살아남아 인간이 몰락한 세상을 지배해라."

머뭇거리는 에린에게 레온은 다시 한번 호통쳤다.

"정신 차려라! 네가 품고 있는 나탄의 정수에게 부끄럽지도 않으냐! 살아남아라! 살아남아서 새로운 드래곤의 세상을 열어라. 네가 원한다면 인간의 세상을 열어라. 이렇게 실패하고야 말 인간이 아니라 드래곤의 현명함을 닮은 인간을! 내가 아니라 네가 살아남은 데에는 이유가 있는 것이다. 모르겠느냐!"

마지막으로 뜨거운 숨을 한 번 내뱉은 레온은 눈을 감았다. 새로운 드래곤의 세상. 에린은 몸을 웅크리고 다시는 꺼내지 않으려 했던 드래곤의 비늘을 내놓기 시작했다. 넓고 강한 날개를 펼쳤다. 뜨거운 불덩이를 레온의 시체에 토해 냈다. 너무도 오랜 시간을 살아온 레온의 몸에서는 정수가 흘러나오지 않았다.

에린은 날개를 펄럭이며 하늘 위로 솟아올랐다. 드래곤이 올라갈 수 있는 성층권의 가장 높은 곳까시.

가장 소중한 것

유진이 탄 전투기가 푸른 하늘로 솟아올랐다. 기지의 모든 전투기가 줄지어 이륙하고 있었다. 공군 전체가 투입된 이 전투에서 에른켈은 비참한 패배를 당할 예정이었다. 에린의 비밀 임무에 대해 모르는 병사들도 오늘이 전투에서 에른켈의 운명이 결정된다는 건 예감했다.

공군의 역할은 차모르의 전투기들을 최대한 붙잡아 두는 일이다. 에린이 차모르의 핵미사일 기지에 쳐들어갈 수 있도록 시간을 벌어 주면 된다. 압도적인 성능을 자랑하는 차모르의 전투기를 상대로는 그조차도 쉽지 않다. 하지만 도망칠 수는 없었다. 유진은 살아서 다시 땅을 밟을 생각을 진작에 버렸다.

차모르의 전투기들이 레이더에 잡혔을 때 레온의 드래곤 비행대대가 아군을 배신하고 차모르 국경을 넘었다는 통신이 들어왔다. 계획대로였다.

드래곤들을 그대로 지나쳐 날아온 차모르 공군은 에른켈의 전투기를 향해 공격을 퍼부었다. 아군과의 통신이 끊어지는 걸 들으며 유진은 이를 악물어야 했다. 반격할 엄두도 내지 못한 채 유진은 필사적으로 조종간을 움직이며 미사일을 피하고 전투기 주변을 맴돌았다. 그때 지상에서 통신이 들어왔다.

"차모르 전투기들이 방향을 돌려 퇴각하고 있습니다. 아란티스를 겨누고 있는 핵미사일 기지 방향입니다!"

에린의 작전을 눈치챈 모양이었다. 이대로 놔둘 수는 없었다. 유진의 팔목에는 에린의 머리카락으로 땋은 팔찌가 채워져 있었다. 에린의 황금빛 머리카락을 보며 유진은 나탄의 등에서 느꼈던 드래곤의 따뜻한 체온을 떠올렸다. 에린 역시 이번 작전에 목숨을 걸었다. 유진은 속도를 높여 기지로 귀환하는 차모르의 전투기를 추격했다. 에린과 가까워지고 있다고 생각하자 어이없게도 유진은 조금 설렜다.

출력을 최대로 높여 차모르의 전투기를 따라잡은 유진이 미사일을 조준하고 발사했다. 전투기를 향해 날아가던 미사일은 방해 전파에 교란되어 힘없이 땅으로 떨어졌다. 유진의 구형 전투기로는 차모르의 최신형 전투기를 상대할 수 없었다. 유진이 다음 미사일을 조준하려는 순간 계기판이 번쩍이며 경고음이 울렸다. 뒤따라오던 차모르의 전투기 하나가 유진의 꼬리를 잡고 미사일을 조준했다. 경고음 사이로 새로운 통신이 들어왔다.

"차모르의 기지에서 아란티스를 향해 핵미사일을 발사했습니다! 아란티스도 즉각 차모르를 향해 공격을 시작했습니다! 핵전쟁입니다!"

유진이 낮은 신음을 흘렸다. 최악의 결과였다. 차모르를 제압하고 전쟁을 끝내려 했던 작전이 오히려 차모르와 아란티스 사이의 전면전을 불러온 셈이었다. 인간은 어리석다. 한 치 앞도 내다보지 못한다. 인간이 만들어 낸 거대한 무기는 인간의 뜻대로 움직이지 않았다. 유진을 향해 발사된 미사일이 무서운 속도로 가까워졌다. 쉴 새 없이 울리는 경고음을 들으며 유진은 급하게 조종간을 당겼다.

　미사일은 나선형으로 회전하며 공중으로 솟아오르는 유진의 전투기를 간단히 따라잡았다. 유진은 폭발이 일어나기 직전에 탈출 버튼을 눌렀다. 폭발의 충격이 미처 빠져나가지 못한 유진을 집어삼켰다. 낙하산이 비행복에서 뜯겨 나가는 걸 느끼며 유진은 정신을 잃었다.

　얼굴을 때리는 강한 바람이 유진을 깨웠다. 여전히 하늘이었다. 땅으로 떨어지지 않고 어딘가에 매달려 있었다. 기적적으로 낙하산이 펴진 걸까? 유진의 어깨와 허리를 단단히 붙들고 있는 건 낙하산의 끈이 아니었다. 날카로운 발톱이 유진을 아프지 않을 정도의 적당한 세기로 붙잡고 있었다. 유진의 눈에 그 발톱 위를 덮은 황금빛 비늘이 보였다.

　"에린! 무사했군요!"

　유진이 깨이닌 걸 확인한 에린은 붙잡고 올라올 수 있도록 몸을 숙여 주었다. 단단한 비늘을 붙잡고 등 위

로 올라온 유진은 에린의 목을 강하게 끌어안았다. 여러 번 불을 뿜어낸 듯 에린의 목은 뜨겁게 달궈져 있었다. 에린이 말했다.

"너도 무사해서 다행이야."

멀리 차모르의 영토에서 버섯구름 하나가 솟아올랐다. 인간이 수천 년에 걸쳐 쌓아 올린 문명이 그 힘을 주체하지 못해 무너지고 있었다. 유진이 탄식했다.

"이걸 원한 건 아니었는데……. 역시 인간은 한 치 앞을 내다보지 못하는군요. 인간에겐 정말 이 세상을 지배할 자격이 없는 걸까요?"

"이 모든 걸 내다본 드래곤 역시 같은 선택을 했지. 모든 걸 안다고 해서 항상 올바른 선택을 하는 건 아냐. 드래곤도 세상을 지배할 자격이 없기는 마찬가지지."

유진이 에린의 비늘을 어루만졌다. 에린의 몸 곳곳에서 비늘이 떨어져 나가고 피가 흘러나오고 있는 게 그제야 눈에 들어왔다. 에린이 말했다.

"최선을 다했지만 핵미사일을 전부 다 막을 수는 없었어. 이 전쟁도 막지 못하겠지. 인간이 세운 문명은 불타고 무너져 검은 재에 뒤덮일 거야. 그 땅에서는 아주 오랫동안 생명이 살 수 없겠지.”

“그럼 차라리 미사일을 더 막으려 애썼어야죠. 나 하나 구해서 뭘 어쩌겠다고 여길 왔어요?”

“한 사람을 구할 수 없으면 세상도 구할 수 없는 거니까. 레온은 그것을 깨닫지 못했어. 아니, 깨닫기를 거부했지.”

“내가 여기 있다는 건 어떻게 알고요?”

에린은 대답 대신 크게 날갯짓을 하며 속력을 높였다. 목을 끌어안은 유진의 팔에 힘이 들어갔다. 팔에는 황금빛 팔찌가 단단히 채워져 있었다. 유진은 에린의 따뜻한 비늘 사이에 아이처럼 얼굴을 파묻었다.

먼 옛날 황금 드래곤 페르는 인간을 위해 자신의 비늘을 스스로 열고 목숨을 버렸다고 한다. 이제 에린은 페르가 자신의 목숨을 버린 것이 아니라 누군가의 목숨을 구한 것이었다는 걸 깨달았다. 한 사람을 구할 수 없으면 세상도 구할 수 없는 거니까. 그러한 페르의 마음은 정수에 담겨 에린에게 전해졌다. 한 사람을 구하고 싶은 마음이 없다면 세상도 구할 수 없다.

유진을 구하는 대신 하늘에서 떨어지는 핵미사일을

하나라도 더 물어뜯었다면 에린은 아마 더 많은 생명을 구할 수 있었을 것이다. 하지만 에린은 유진 하나를 구하는 쪽을 택했다. 드래곤의 사고방식에서 이건 어리석은 선택이었다. 하지만 에린은 유진을 아끼는 마음을 떨쳐낼 수 없었다. 자신의 목숨을 포기해서라도 유진을 구하고 싶었다. 그게 인간들이 말하는 사랑일지도 모른다고 에린은 생각했다.

인간은 사랑 때문에 어리석은 선택을 한다. 유진도 한때 부모님의 복수를 위해서라면 세상이 멸망해도 좋다고 생각했다. 하지만 그러한 사랑이 메말랐을 때 인간은 가장 어리석은 선택을 한다. 핵미사일을 발사하는 단추를 누르기 전에 그로 인해 죽어 갈 사람들의 얼굴을 단 한 명이라도 떠올렸다면, 그 사람은 과연 단추를 누를 수 있었을까.

자신이 아닌 다른 사람을 구하기 위해 목숨까지 바칠 수 있는 건 인간뿐이다. 그렇기 때문에 인간은 이 거대한 힘을 세상과 후손을 지키는 데 사용할 수 있는 유일한 존재인지두 모른다. 드래곤들 또한 미지막 직진에서 겨우 그 사실을 깨달았을 것이다.

에린은 아직 많은 것을 모른다. 드래곤의 지혜는 나이에 비례하니까. 아직 어린 에린은 앞으로 어떤 미래가 펼쳐질지 또렷하게 내다볼 지혜가 없었다. 다만 에린은 끝까지 버리지 말아야 할 마음이 무엇인지만큼은 분명하게 알 수 있었다.

모두가 그랬듯 언젠가는 유진 또한 자신의 곁을 떠날 것임을 에린은 알았다. 하지만 인간은 사라지지 않을 것이다. 잿더미 속에서도 인간은 살아남아 다시 시작할 것이다. 에린은 인간이 다시 번성하여 세상을 가득 채우는 미래를 보았다. 미약한 힘을 모아 자신들의 바깥에 찬란한 문명을 쌓아 올리는 인간이 이번에는 그 힘을 올바르게 다스릴 지혜 또한 지니기를 기원했다.

그렇게 다시 일어서는 세상에서 에린이 삼킨 나탄의 정수 또한 드래곤의 알이 되어 새로운 드래곤의 영혼을 품을 것이다. 에린은 그 드래곤에게 유진의 이름을 주겠다고 결심했다. 영원히 죽지 않는 드래곤이 공포의 지배자가 아니라 기억해야 할 이름으로 남기를 소망했다. 인간이 만들어 낸 가장 고귀하고 찬란한 가치는 아직 사라지지 않았다.

작가의 말

이 이야기는 '드래곤과 전투기가 싸우면 누가 이길까?'라는 단순한 질문에서 시작하여 「제131드래곤비행대대」라는 단편으로 처음 발표되었습니다. 이후 『너와 함께한 시간』이라는 제목으로 출간되었다가, 이번에 『마지막 드래곤 에린』이라는 새로운 제목으로 다시 어린이 독자를 찾아가게 되었네요.

판타지를 좋아하는 사람들에게 드래곤은 빼놓을 수 없는 최고의 캐릭터죠. 그 무엇도 녹일 수 있는 불, 그무엇도 꿰뚫을 수 없는 비늘, 입도적인 힘과 지혜까지. 유일한 단점은 수가 너무 적다는 것이겠죠. 무시무시한 힘으로 세상을 지배했던 드래곤이 인류와 맞서 싸워도 이길 수 있을까요? 물론 인간이 맨주먹으로 덤빈다면 인간은 드래곤의 상대가 되지 못할 겁니다. 하지만 인간에게는 문명의 힘이 있죠.

인간 하나하나는 힘도 지혜도 부족하지만 인간에게는 서로에게 지식을 건네주고 또 그러한 지식을 모아 하나로 만들어 낼 수 있는 독특한 능력이 있습니다. 모든 생물 중 오직 인간만이 가지고 있는 능력입니다. 자동차도 컴퓨터도 로켓 지구 전체를 위험에 빠뜨릴 수 있는 핵폭탄도 모두 그렇게 만들어 냈죠. 그러니 첨단 과학 문명을 발전시킨 현대인에게 드래곤은 상대가 되지 않을 겁니다.

하지만 인간이 과학 기술의 발전으로 거대한 힘을 얻었을 때 한 가지 중요한 질문을 생각해 보아야 합니다. 우리 모두는 그 힘을 올바르게 사용할 수 있을까요? 인간은 수많은 개인이 모인 집단입니다. 그렇기 때문에 올바른 곳에 힘을 사용하는 사람이 있다면 그렇지 못한 사람도 있을 겁니다. 더 많은 힘을 얻기 위해 핵미사일로 전쟁을 일으키고 우리 삶의 터전인 지구를 파괴한 것처럼요.

어떻게 하면 이런 일을 막을 수 있을까요? 깔끔한 정답은 없을 겁니다. 이 책의 주인공들도 열심히 고민하지만 쉽게 원하는 답을 얻지는 못합니다. 저 역시 마찬가지였습니다. 이 책의 결말이 어떤 분들에게는 마음에 들지 않을 수도 있을 겁니다. 하지만 저는 에린과 유진에게 희망이 있다고 생각합니다. 한 사람을 구할 수 있어야 세상도 구할 수 있다는 말을 여러 번 곱씹으며 이 책을 읽는 분들 모두가 저마다의 해답을 찾아가셨으면 좋겠습니다.

ⓒ 남세오·김찬호, 2025

초판 1쇄 인쇄일 2025년 2월 3일
초판 1쇄 발행일 2025년 2월 17일

지은이   남세오
그린이   김찬호
펴낸이   강병철

책임편집   유지서 이주연
크로스교정   정사라
편집   서효원 장새롬 전욱진
디자인   박정은
마케팅   최금순 이언영 연병선 송의정
제작   홍동근

펴낸곳   이지북
출판등록   1997년 11월 15일 제105-09-06199호
주소   (04047) 서울시 마포구 양화로6길 49
전화   편집부 (02)324-2347, 경영지원부 (02)325-6047
팩스   편집부 (02)324-2348, 경영지원부 (02)2648-1311
이메일   ezbook@jamobook.com

ISBN 979-11-93914-68-7 74810
      978-89-5707-898-3 (세트)

• 이 책은 『너와 함께한 시간』(2021)의 개정판입니다.
• 잘못된 책은 교환해 드립니다.

"콘텐츠로 만나는 새로운 세상, 콘텐츠를 만나는 새로운 방법, 책에 대한 새로운 생각"
이지북은 세상 모든 것에 대한 여러분의 소중한 콘텐츠를 기다립니다.